LE ROI DISAIT QUE J'ÉTAIS DIABLE

Diplômée en ancien français, Clara Dupont-Monod commence très tôt une carrière de journaliste aussi bien pour la presse écrite que pour la radio et la télévision. Elle est l'auteur de plusieurs romans dont *La Folie du roi Marc*, *La Passion selon Juette*, *Le roi disait que j'étais diable*, *La Révolte* ou encore *S'adapter* (prix Femina, prix Goncourt des lycéens et prix Landerneau 2021).

CLARA DUPONT-MONOD

Le roi disait que j'étais diable

ROMAN

GRASSET

© Éditions Grasset & Fasquelle, 2014.
ISBN : 978-2-253-19448-4 – 1ʳᵉ publication LGF

Pour Paola

« Elle était du nombre des femmes folles. Contrairement à la dignité royale, elle fit peu de cas des lois du mariage, et elle oublia le lit conjugal. »

Guillaume DE TYR (XIIᵉ siècle)

« Il aimait la reine avec fougue, et pour ainsi dire à la manière d'un enfant. »

Jean DE SALISBURY (XIIᵉ siècle)

« Voyez, seigneurs.
Mon corps n'est-il pas délectable ?
Et le roi disait que j'étais diable ! »

Philippe MOUSKES,
évêque de Tournai (XIIIᵉ siècle)

I

La joie est stupide. Elle s'offre facilement. C'est l'émotion la plus reconnaissable, donc la moins perfide. Elle fendille les visages avec la stupeur un peu niaise de se découvrir léger. Rien n'est plus angoissant qu'un être joyeux. Comment peut-il ignorer la faim et les menaces ? La joie produit de mauvais combattants. Je lui préfère la colère, c'est une autre histoire. Elle fait bouillir le sang. Elle est la forme même de la vie, sa première vocifération. Elle peut trahir. J'aime la colère parce qu'elle a toujours quelque chose à révéler.

Par exemple le roi. Toute sa vie, on lui a appris à se tenir droit. Et voilà soudain qu'il baisse la tête. La colère l'avachit. Sa nuque se brise. Ses mains frappent une table imaginaire dans un mouvement furieux et lent. C'est ainsi, les gouvernants ont la rage molle. Ils sont habitués à lancer des ordres, à tonner, et soudain ils s'effondrent. Ils hoquettent, eux qui veulent du souffle. Je connais deux moments où les rois sont ridicules. Lorsqu'ils sont en colère et lorsqu'on les épouse. L'événement les écrase. Ils découvrent combien ils sont petits.

Car la colère abolit les grades. Elle est l'envers du rang d'origine. Qui d'autre peut rabaisser un fort ? Anoblir un paysan ? Ce paysan qui, d'ordinaire, pesté contre son seigneur, ses chiens ou les marais, dont les vêtements ont les couleurs de ses bêtes, eh bien lui, il reste digne. La fureur le prend tout entier ; mais il respire lentement et se tient droit. Son menton se lève. Son corps se plante dans la terre d'Aquitaine. Puis il se détourne avec un regard ivre de vengeance, le regard que cherchent les foules pour se mettre en marche, celui qu'on happe avant l'assaut. Ne reste que son ombre, plus menaçante qu'une armée. Avec la colère, le paysan devient roi. Le puissant se fait pantin. La joie, elle, ne renverse rien.

Le roi est mon mari. Ce n'est pas un homme de colère mais de mots. Il s'entretient à voix basse avec son abbé. Il récite souvent les textes sacrés, tout seul, en marchant. Il ne décide rien sans l'avis de ses vassaux. Louis rêve d'une vie monacale, de paroles et de respect. Tout ce que je fuis depuis l'enfance. Tout ce que je hais. Si je pouvais, je vivrais dans un palais immense peuplé de soldats et de poètes. L'épée, le livre : voilà les objets sacrés, disait mon grand-père. La première défend la terre, le second chante l'amour. Chez moi, dans le Sud, ni le sang ni la chair n'ont jamais effrayé personne.

Mais Louis est un homme du Nord. C'est un pays rude et sérieux. Ses chants glorifient Charlemagne. Pauvre peuple, réduit à chanter des exploits militaires qui ne sont même pas les siens ! Les gens du Nord ont les habits gris, le sourire faible et les mains jointes. Même les bourses n'offrent rien. Le roi est si pauvre que lors de son séjour à Senlis les habitants ont prêté les écuelles, l'ail et le sel pour ses cuisines. Et cette parcelle maigre, on l'appelle royaume de France. Quelle farce ! Sait-on seulement qui je suis ? L'année de ma naissance, la nature s'est rendue. L'hiver fut si clément qu'on brada les récoltes. Le setier de seigle se vendit deux sous, et le froment trois sous. Les pauvres se gavèrent. « Aux nones d'avril, on vit des étoiles tomber du ciel », ajoutèrent les moines. On me dit jolie, turbulente, ambitieuse. J'ai grandi dans un château posé sur la lande et je porte un prénom dont l'origine divise les poètes. Aliénor : Alaha an Nour, Dieu est lumière, en hommage à l'Espagne musulmane que mon Aquitaine a toujours aimée. Elienenn, en gaélique, qui signifie l'étincelle. Eleos en grec, « compassion ». Leneo pour le latin, « adoucir ». Il faut se méfier des mots. Ils racontent n'importe quoi. Mon prénom est un monde et personne n'y laisse son empreinte. Ni Dieu ni roi.

Il est venu me chercher. J'étais si jeune alors. Un nuage de poussière s'approchait du château. Il gonflait dans la lumière orange du soir. Ce nuage allait m'aspirer avec tous mes espoirs. Je le savais. Debout, les mains appuyées contre la pierre chaude, j'ai savouré une dernière fois le paysage. Ma tour est située à l'angle de l'enceinte. Elle surplombe Bordeaux couchée à mes pieds. Sanglée dans son corset de pierre, elle respirait doucement. Ses faubourgs avaient grossi. Les villes d'ici ressemblent à des courtisanes. L'ombre des remparts s'allonge comme des bras affamés. On n'entend plus que les murmures.

Au loin, j'apercevais la cathédrale Saint-André. Elle étirait sa silhouette comme une femme prête à marcher. Son grand porche m'évoquait un cou levé vers le ciel. En plissant les yeux, j'ai distingué les piles de bois, les dalles et les pierres, immobiles sous le ciel rouge. Je savais que mon mariage aurait lieu là, et que ce jour venu, la quiétude d'un chantier abandonné laisserait place à la liesse. Les venelles regorgeraient de monde. Le porche de la cathédrale serait recouvert de fleurs. Je pouvais même sentir le diadème d'or sur mon front, entendre les paroles de l'archevêque et deviner le regard embué de Louis. Je connaissais déjà le tissu écarlate de ma robe, le velours de l'estrade ; puis l'anneau passé à mon pouce, mon index, mon majeur et mon annulaire, et enfin cet ordre déguisé en promesse : « Je te prends pour épouse. » La messe de la Sainte Trinité, le déploiement du voile et le baiser ; enfin la sortie dans l'encadrement du portail, les acclamations de la foule, la parade dans mes rues tendues de guirlandes.

Ce protocole n'était pas pour tout de suite. J'avais encore un peu de temps. Pour l'heure, l'immense domaine m'appartenait. Il était le plus vaste et le plus riche de France. Je le surplombais. En bas, il y avait Toulouse, possession de ma grand-mère, que je finirais bien par récupérer. Devant, le pays du Gévaudan. Derrière, la mer. Au-dessus, Poitiers, terre de mes ancêtres et de mon enfance. Et tout autour, il y avait les plaines lissées d'un geste doux, comme on caresse un tissu de brocart ; la pierre en forme de vieux visage, aux rides si larges que des familles entières pouvaient s'y abriter ; la montagne, cette bête à l'haleine froide, au dos piqué d'arbres ; et l'eau, le sang des pays, cascadante ou sage selon l'endroit. Debout sur ma muraille, j'étais au centre. Des Pyrénées à la Loire, à perte de vue, s'étendaient ma puissance et mon amour. Aujourd'hui encore, quand la grisaille avance ses nappes jusqu'au pied de mon lit, dans ce palais parisien, je pense à mon royaume. J'entends les marins hurler sur le port de Bordeaux. A Bayonne, ce sont les cris de la foule massée sur le quai quand reviennent les pêcheurs de baleine. A La Rochelle, les navires s'éloignent, chargés des vins blancs de

Niort ou de Saint-Jean-d'Angély, de sel recueilli dans la baie de Bourgneuf, prêts à envahir les marchés anglais et flamands. Et ce spectacle mêlant la mer, la nourriture et les hommes remonte vers moi, jusque dans les plis lourds des rideaux de mon lit. Il les trempe de couleurs et de nostalgie tandis que la voix de ma sœur Pétronille résonne au loin : « Aliénor, Aliénor, cesse de penser à nos sols. »

Parfois, au plus profond de la nuit, je sens un linceul glacé me recouvrir le visage. Je voudrais bondir hors du lit, saisir mon épée, mais mon corps est trop lourd pour bouger. Mon corps ne réagit plus. C'est une chose terrifiante. Autour de moi dansent des ombres cerclées d'un halo blanc. Leurs visages s'étirent comme des lames. Elles portent d'étranges vases de cristal montés sur des socles en or, gravés à mon nom. Certaines collent ce vase contre leurs corps de brume, comme on le ferait d'un bébé ; d'autres le lâchent en silence, et la corolle qui porte mon nom s'évanouit à leurs pieds. Ce sont les gloires mortes. Elles commentent ma vie. Elles ricanent. Leurs bouches s'allongent. Elles deviennent d'énormes grottes prêtes à m'aspirer. Elles me montrent du doigt, me traitent d'incapable. J'ai beau frotter ma tête contre la couverture, et sentir la fourrure sur ma peau, je suis seule. Je reconnais mon grand-père, mes parents, les comtes du roi, la foule immobile de n'importe quelle foire au-delà de Poitiers, les

hideux sourires de ceux qui me mettent à l'épreuve.
Ils verront bien, un jour, ce que je vaux. Quand je
trouverai le courage d'attraper mon épée, je fendrai
cette danse macabre. Je mettrai les ombres en pièces.
Je n'aurai plus besoin d'attendre le jour en tremblant,
ni de devoir caler mon souffle sur celui, trop paisible,
du roi.

De ma tour, j'ai vu le nuage orange grossir lentement. Il rassemblait cinq cents chevaliers. Chariots,
bœufs, bivouacs, cuisines, tentes, sans compter un
convoi spécialement chargé de cadeaux pour moi.
Un miracle que cette ambassade ait pu avancer sous
la chaleur. Partis de Paris le 15 juin, ils ont franchi la
Loire à Tours, découvert mon merveilleux pays poitevin, évité la Saintonge rebelle, contourné les maré-
cages, atteint Limoges le 1er juillet puis les confins
du Bordelais. Ils ont attendu sur les bords de la
Garonne qu'un bateau les prenne. Il n'y a pas de
pont sur mon fleuve. Personne n'a osé.

Ils sont enfin arrivés chez moi. Je domine le spectacle. Les collines se couvrent de tentes colorées.
Certaines sont plantées dans mes jardins. Le cer-
feuil, le persil, la sauge, sont piétinés. Les hommes
mangent les fruits à même les branches. Ils se jettent
tout habillés dans l'eau du Peugue. Pauvre rivière,
qui n'a rien connu d'autre que la caresse des ormes !
La voilà luisante de crasse et pleine de cris. Furieux,

Pétronille et les écuyers tentent de les arrêter. Une servante jaillit armée d'un pilon, avant de tournoyer dans les airs, au bout d'un bras épais qui souhaite danser… Je ne peux m'empêcher de sourire. J'aime cette vie enfermée sous l'armure, ces barbes lourdes de poussière, les chevaux exténués. Ce chaos me ramène au grand mouvement des hommes lorsqu'ils envahissent une terre. Sous mes yeux se joue le spectacle d'un monde en sursaut, toujours aux aguets. Mon grand-père disait que le monde est né d'un sommeil interrompu ; voilà pourquoi être vivant reste un état de veille. Et ces hommes veulent vivre. Ils ne dorment pas. Ils ne connaissent ni les espaces noirs, ni le sommeil envahi. Ils chevauchent et se battent avec la simplicité du cœur qui bat. Je reconnais Thibaut, comte de Champagne, le sénéchal Raoul de Vermandois, l'abbé Suger. Et Louis, mon lointain cousin, futur roi de France.

Un parfum de viande monte jusqu'à ma tour. Hélas, il se mêle à la menthe dont on a recouvert le sol du château – je déteste l'odeur de la menthe, trop suave sous des allures mordantes, une odeur de petite princesse. Les feux s'allument. Dans la basse cour, autour des tables, le vin passe de main en main. On sert la viande sur de larges tranches de pain. Les chiens rôdent entre les bancs, la langue pendante. Derrière les rires énormes, on entend des airs de flûte. J'ai ordonné qu'on soigne les chevaux, qu'on amène du verger les meilleurs fruits, de la chasse le meilleur gibier. J'aime le luxe et je sais recevoir.

Pétronille m'appelle doucement. Je me retourne. Dans la lumière vacillante des torches, je les découvre. Les voici devant moi, ces invités. Ils sont quatre. Le comte Thibaut de Champagne et ses yeux sombres, enfoncés sous un front plat. Je m'en suis toujours méfiée. Il est brouillon, pressé, rapace. Je n'aime pas l'avidité au service de rien. Lui, il me créera des problèmes. Raoul de Vermandois, tête de taureau posé sur un buste court. Il lui manque un œil. Et de quoi raisonner, pourrais-je ajouter, mais enfin, il est bon soldat. Il explique souvent que ce savoir-faire de l'épée, il le tient de mon grand-père. Brave sans intelligence, il servira toujours. Il fait partie des chiens utiles. Et puis l'abbé Suger, qui me met immédiatement mal à l'aise. Je flaire l'ennemi, infiniment plus dangereux qu'une brute comme Thibaut. Carrure ferme ; des sourcils gris et broussailleux ; une bouche sans lèvres étirée en un sourire onctueux ; une assurance, la certitude d'être au bon endroit, à cet instant précis, une veine royale trahie par des mains trop blanches, que l'on devine prêtes à ne servir que lui – cela, je le vérifierai plus tard.

Et, bien sûr, il y a Louis.

Son visage brille. Il s'essuie les lèvres. Il a soif. La sécheresse sévit partout, même à Paris où, dit-on, son père Louis le Gros a été transporté pour y mourir.

Il sort l'épée. J'attends qu'il abaisse la pointe en guise de respect. Sa main tremble. D'un coup d'œil, je reconnais le fer lisse de Bordeaux. La lame a été fabriquée ici. Longue, fine, parfaitement séparée en deux tranchants égaux. Le pommeau est incrusté de fleurs de lys, sur fond d'or. Que fait ce travail d'orfèvre dans une main tremblante ? Pétronille tousse. Il serait temps de lever les yeux. Ce n'est pas une épée que je vais épouser. Alors je le regarde. Visage pâle entouré de boucles. Des traits fins, un menton pointu. Ses sourcils sont si blonds qu'ils sont presque invisibles. Un air taciturne, concentré. Tout en lui révèle un effort. Ses yeux larges et bleus me fixent. Subitement il me fait pitié. J'ai en face de moi un nouveau-né apeuré qui n'a jamais songé à gouverner. Ce projet-là était pour son frère aîné Philippe. Mais cet idiot mourut juste après, la tête fracassée contre les faubourgs de Paris. Un cochon s'était jeté dans les pattes de son cheval. N'est-ce pas un magnifique résumé du royaume de France ? Ce sont des porcs qui décident de son destin.

Sur les conseils de l'abbé Suger, on s'est tourné vers le cadet. On a extirpé Louis de son cloître. On l'a poussé vers le trône, habillé de fer, lui qui n'a jamais respiré l'odeur du sang. Il fallait faire vite, organiser la descendance royale. Son père était déjà très malade. Douze jours après la mort de Philippe, le pape a sacré Louis futur roi de France. La ville de Reims a résonné de mille cloches. Lui, il ne pensait qu'à ses Evangiles.

Bientôt, un messager arrivera au château de Béthisy pour lui parler de moi. Bientôt, il prendra la tête d'une armée de cinq cents hommes. Il arrivera devant mon château dans ce nuage orange avant de se tenir là, face à moi. J'observe ce corps, ce visage et cette épée vacillante. Je devine les discussions interminables, le doute et la morale, la couardise cachée sous l'appétit des mots. Mon avenir se tient là, pâle et languide, dans un écœurant parfum de menthe. Car la vérité m'apparaît : je vais épouser un moine. Moi, la valeureuse, la solitaire, qui tiens le pays dans ma main, qui me fais obéir des barons, mate les révoltes, qui assure la richesse de l'Aquitaine et du Poitou, sans qui le domaine royal se réduirait à quelques champs de blé coincés entre Soissons et Bourges, vers qui les têtes se tournent, pour qui les cœurs battent, moi la fille du Sud, j'épouse un homme qui récite les *Pater Noster* et se nourrit de pain et d'eau le samedi ! Derrière se tient Pétronille, nerveuse, qui tortille ses manches. J'entends le frottement du tissu. Le bruit m'agace. Pétronille a toujours eu ce geste lorsqu'un changement survient. Je tourne la tête pour qu'elle cesse. Lorsque mon regard revient vers Louis, il a la même expression que ma sœur. Transi de peur et d'amour.

Aliénor. Tu fais de ton prénom un monde. Mon pauvre amour. En réalité, il répond simplement à cette autorité filiale que tu prétends détester. Ta mère s'appelait Aénor. Toi, tu es juste une autre Aénor. Une copie. Un alia – puisque tu parles le latin. Alia Aénor... Les mots se sont fondus et te voici. En quelques syllabes, tu t'inscris dans une lignée. Tu ne l'avoueras jamais, tu es trop orgueilleuse pour cela. Tu ignores même que j'ai eu le temps d'y réfléchir durant le voyage. En approchant de ton château, j'ai senti qu'il était à ton image. Beau, isolé, imprenable. Une forteresse. Murs épais, flanqués de contreforts, et cette énorme tour rectangulaire posée à l'angle des enceintes, vigie sur l'Aquitaine. A coup sûr, tu étais postée quelque part dans cette tour, l'œil sur nous.

J'ai murmuré ton prénom que je trouve majestueux. J'en ai étudié l'origine – le périple était long, et puis il s'agit de ma future épouse. Mais rien ne me préparait à toi.

Un parfum de menthe a fondu sur mon visage. Désormais, cette odeur est liée à toi. Où que j'aille, j'emporte toujours un brin de menthe qui me rappelle notre rencontre. Tu étais de dos, face à la fenêtre. Deux détails m'ont surpris. La couleur de ta robe et tes cheveux qui recouvraient ton dos. Chez moi, les femmes ne portent pas de couleurs vives, encore moins les cheveux lâchés. Et puis tu t'es retournée.

Sous le choc, je suis resté bouche bée. Intuitivement, l'abbé Suger s'est rapproché de moi. Mais je n'avais nul besoin de rempart à cet instant-là. C'était fini. Une main glacée a saisi mon cœur.

Je t'ai aimée aussitôt et, dans le même instant, tu m'as effrayé. C'était un mélange de perte et d'offrande. Un seul visage pouvait provoquer le ciel, attirer ses extrêmes. Mes guerres perdues, c'était toi. Et jamais je n'aurais pensé qu'une défaite pouvait être aussi belle. Un port de reine et des miettes d'enfance. Tes joues pleines, rondes, comme tes épaules que je devinais sous ta robe ; ton front volontaire, bombé, et ta bouche minuscule, très rouge. Cette petite fleur tranchait avec ton panache. Elle te donnait un charme vénéneux. Ce double visage rend fou. On ne marie pas impunément le pouvoir et l'innocence.

Qu'as-tu pensé de moi ? Peut-être que tu as su lire.

Ta sœur froissait ses manches. Tu as sévèrement tourné la tête. J'ai vu ton profil, puis tu as posé tes yeux sur moi. Seigneur, ces yeux ! Gris comme une armure. J'ai su, à cet instant, de quoi parle la Bible. D'un amour absolu, profond et dévastateur, contre lequel l'homme ne peut rien. Il est vaincu. Livre de Job, chapitre trois : « Ce que je crains, c'est ce qui m'arrive ; ce que je redoute, c'est ce qui m'atteint. Je n'ai ni tranquillité, ni paix, ni repos. Et le trouble s'est emparé de moi. »

Bien sûr, j'avais entendu parler de ta famille effrayante et magique, surtout de ton grand-père

Guillaume. *Moi, je m'ignorais incomplet, coupé d'une partie de ma vie. Je t'attendais pour vivre vraiment. Quelque part, très loin au fond de moi, une ride s'est creusée. J'ai senti l'obscure frontière qui, définitivement, isolerait cet instant du reste de ma vie. Sortir du cloître, renoncer à la prêtrise, gérer le royaume : je pouvais le faire, en animal bien docile que je suis. Mais cela ne représentait rien comparé à la promesse d'un avenir avec toi. Tu étais mon cadeau et mon épreuve. Une splendeur posée sur la route d'un serviteur couronné.*

J'ai baissé la pointe de mon épée vers toi. J'ai mis mon âme dans ce geste. Avec l'épée s'inclinait ma vie. J'acceptais. J'étais à toi. Mes mains tremblaient. On ne fait pas le don de soi sans trembler.

Tu semblais très loin. Tu n'as pas regardé les cadeaux. On m'avait dit que tu aimais le luxe. Mais les bibles précieuses, les calices d'or, les encensoirs, ainsi que les bijoux et les soieries sont restés sur les chariots. Tu as froidement détaillé chaque étape. Le mariage en la cathédrale Saint-André de Bordeaux, puis le retour vers Poitiers pour recevoir la dignité ducale.

« *Il faudra faire vite. La chaleur a séché les étangs. Les chevaux auront soif et ne tiendront pas longtemps. Nous ferons étape en lieu sûr. Geoffroy de Rancon nous ouvrira son château de Taillebourg. Poitiers prépare déjà la fête. La cérémonie aura lieu dans la cathédrale Saint-Pierre. Puis nous gagnerons Paris.* »

Tu parlais comme un chef militaire. A ma grande surprise, Thibaut et Raoul acquiesçaient sagement. Même l'abbé Suger semblait abasourdi. Je t'ai observée mieux. D'où venait cette prestance ? Mais aussi ce besoin de te faire respecter ?

De tes longues manches, je vois dépasser tes poings. On murmure beaucoup sur ta conduite. On dit que tu es une maîtresse née, capable d'allonger les hommes sur ton lit comme sur un champ de bataille. On te craint, on t'admire. Que tu plaises autant, cela m'inquiète. Lors de notre voyage, nous sommes passés par le Poitou. J'ai vu, stupéfait, les seigneurs de Thouars, de Lusignan et de Châtellerault ranger leurs épées à l'évocation de ton seul prénom. Ces brutes épaisses ! « La lignée de Guillaume… », se justifiera, maladroit, le baron de Châteauroux, le regard trop brillant. Même les ingérables seigneurs gascons t'obéissent ! C'est indiscutable. En toi coule le sang des valeureux. Chaque jour tu les honores. Le regard dur, tu chevauches comme un homme. Tu tiens ton épée dressée en pal pour marquer ton autorité. Tu diriges ton pays.

Pourtant… J'apprendrai quelle amertume se cache derrière ton sens du devoir. Au fond de ton cœur, palpite le regret de n'être que toi. Tu t'imposes auprès de tes vassaux mais leur allégeance ne te suffit pas. Tes ancêtres t'écrasent. Tu donnerais cher pour t'en défaire et, en même temps, tu donnerais autant pour pouvoir les imiter. Chaque fois que tu t'endors, se lèvent les silhouettes brumeuses de ton grand-père hérétique, de ta grand-mère clandestine, de ton père impie. Crois-tu que je ne t'ai pas entendu crier dans ton sommeil ? Que j'ignore tes cauchemars ? Tu tressailles. Dans un semi-délire, tu demandes à des ombres de partir. Te voici démunie. Ton corps autoritaire renonce. Il s'affole et subitement s'éveille. Ces nuits-là, j'offrirais mon royaume pour pouvoir te prendre dans mes bras. Je voudrais te caresser la tête, te bercer. Mais tu me l'interdis. Alors je ne bouge pas. Tu étends tes jambes, ouvres les mains. J'entends ton cœur devenu fou. Sans que tu le saches, je respire fort et le plus lentement possible. Au bout d'un moment, tu cales ton souffle sur le mien. Ils s'élèvent à l'unisson, dans la nuit noire. Nous respirons ensemble. Ton corps se détend doucement. Il bouge encore un peu, puis s'immobilise. Jusqu'au jour naissant, les yeux rivés sur la lumière qui blanchit la fenêtre, je resterai statufié, attentif à ton repos. Je serai heureux de cette ruse, heureux de t'être utile puisque la seule chose que tu me laisses t'offrir, c'est mon souffle.

Louis le Gros est mort juste après la cérémonie à Poitiers. Les rois de France meurent pendant les fêtes. C'est à croire qu'ils les aiment bien peu.

C'était au tour du fils. Mon mari s'installait sur le trône. Et moi ? Au Nord, les femmes ne comptent pas.

Nous sommes partis au plus vite. Nous avons pris mes chemins. Un bref instant, j'ai cru à une promenade, à une visite de mes terres qui s'achèverait le soir. Je m'apprêtais à tourner bride pour gagner l'ouest, suivre l'Autise jusqu'à l'abbaye de Nieul où est enterrée ma mère. J'avais fait ce trajet tant de fois. Passer par les terres de Benet, retrouver mes seigneurs de Vouvant ; discuter de la charte accordée aux chanoines ; les autoriser ou non à utiliser le bois de la forêt de Mervent ; et enfin, rejoindre l'abbaye, marcher sous les arches que ma mère aimait tant, observer ces sculptures très fines d'animaux nichés dans la pierre, oiseaux dans une barque, chevaux ailés, têtes de chat. Le soir tombant, regagner Poitiers escortée de mes seigneurs, savourer les regards posés sur moi ; avoir le cœur en paix, heureuse d'une soirée à venir, pleine de poèmes et de rires. Mais non : tout cela appartenait à un autre temps. Bientôt ces souvenirs me seraient arrachés.

Ma campagne s'étalait, moelleuse et douce. Elle était vaillante malgré les fournaises. Aujourd'hui encore, elle serait arpentée, retournée. Elle se laisserait faire, heureuse de livrer ses entrailles. Soudain, il m'est apparu que la terre n'avait pas besoin de moi. Elle continuerait ses offrandes bien après mon départ.

Il existait donc une force infidèle, assez indépendante pour m'exclure et me retenir attachée ? Oui, et cette bonté renouvelée me survivrait. J'ai ressenti de la colère et de la gratitude. Mes mains serraient si fort la bride du cheval qu'elles en devenaient blanches.

Le cortège a longé mes forêts. Mes majestueuses ! Les forêts me voulaient belle. Elles réclamaient honneur. J'ai plissé ma tunique, rajusté ma coiffe. Les arbres veillent. Ils sont nos sentinelles. Ils nous préviennent lorsqu'une troupe se repose, adossée à leurs troncs. On entend la branche écartée par une main étrangère. Aux habitants des hameaux, je dis : si tu cueilles une pomme, mange-la sous l'arbre. C'est la moindre des politesses. Et surveille l'écorce. Si elle brille, c'est qu'il va pleuvoir. La parole du monde se trouve ici. Elle vaut toutes les messes. On l'écoute et on s'y soumet.

Nous avons croisé les premiers chariots en route pour la foire de Blois. Je voyais l'arrière de ces masses avancer lentement, montagnes de poules, de draps, d'avoine, d'alambics et de chaudrons. Ces chariots se rangeaient sur le côté sans bruit, à peine le froissement des herbes sèches écrasées par les roues. Les commerçants descendaient et s'inclinaient en silence. Puis la rumeur s'est levée. Elle a couru de la campagne à la mer. Des rivages, elle est montée jusqu'à Orléans. Je la connais. Cette voix ancestrale et venteuse porte les nouvelles. Elle s'engouffre au fond des basses cours, s'enroule autour des puits et des fours à pain, grimpe le long des tours jusqu'aux chambres, descend par l'âtre pour envahir les salles. Elle recouvre le pays d'un voile de murmure. Elle dit : Aliénor s'en va. Aliénor nous quitte. Les paysans ont déposé leur charge. Les champs et les cours se sont vidés pour se rassembler au bord de la route. Et sur mon passage, cette grande ligne de silhouettes se tassait sur elle-même. Car ces corps infatigables s'inclinaient. Ces révérences scellaient mes adieux. J'ai failli crier : Redressez-vous ! Relevez la tête pour qu'au moins ce salut me ressemble ! Mais mon cheval avançait entre deux rangées de dos. Impossible de croiser un regard. Mon peuple de la terre, je t'ai quitté aveugle et courbé. Je t'aurais voulu debout, en hommage à tes maîtres d'antan. Pourquoi faut-il que le chagrin abaisse ? Pétronille et les servantes pleuraient. Je sentais la présence immobile de mes murailles, loin derrière moi. J'ai appelé leur force, espéré leur soutien. J'ai senti leurs pierres chaudes et je me suis tenue droite sur mon cheval. J'aurais tant aimé voir un visage. Mais non. Des dos, des capes, des bonnets, des chignons, les casques de mes seigneurs descendus de leurs châteaux. Mes gens inclinés, soumis à la fatalité d'un départ. C'était insupportable.

Louis a ralenti la cadence. Son cheval s'est retrouvé à côté du mien. Du coin de l'œil, j'ai noté qu'il n'avait pas embelli depuis notre première nuit.

Toujours aussi frêle, toujours cette gentillesse un peu naïve. Il froissait un brin de menthe entre ses doigts qu'il portait ensuite à son nez. D'où lui venait cette étrange manie ? D'un geste, il a désigné les dos.

« Il n'y a pas si longtemps, ces gens avaient peur de la nature. Depuis, ils l'ont domptée. Ils savent travailler la terre, la comprendre, en extraire le meilleur. Ils ne craignent ni les saisons, ni la pluie.

— Ils dansent encore autour de l'arbre à fées.

— Mais ils ne croient plus aux fées. Ce que j'essaie de vous dire, parce que j'aime parler avec vous, c'est que le "dominez la terre" de la Bible a affranchi les hommes. Ils étaient terrifiés par la nature. Maintenant ils l'utilisent. »

Comme si c'était l'instant pour me parler de la Bible ! Je me suis tournée vers lui. Il avait un sourire heureux. Sa couronne descendait bas sur son front. Elle était tachée de boue. Ses yeux clairs étaient confiants. J'ai lancé le galop. Il fallait dépasser cette cohorte d'abrutis. « Laissez ! » a crié Pétronille. La carriole de l'abbé Suger a fait un bond. Au bord du chemin, les gens sont tombés en arrière avec des cris apeurés. Joie du désordre et de la vitesse ! Arrivée devant, j'ai ralenti. Mon cheval piaffait, grisé par cette liberté soudaine. J'ai repris un rythme tranquille. J'étais en tête du convoi.

Contrairement à toi, je n'ai pas d'ancêtres encombrants. Mon père obèse ne m'a jamais inspiré. Comment envier un gros corps usé par les combats ? Lui qui rêvait d'un royaume de France, un vrai, a passé sa vie à calmer des seigneurs turbulents. Et ceci sans relâche. A la fin de son règne, il devait encore se protéger des appétits de ce comte Geoffroy, persuadé que son Anjou pourrait tout dominer. Bien sûr, dans ce contexte, tu étais une opportunité magnifique. L'Aquitaine alliée au domaine de France, quelle victoire ! Quelle puissance ! Trois siècles que ma lignée attendait de reprendre pied dans le Sud... Tous ces honneurs m'étaient égal. A-t-il compris, ce père malade, que je n'avais que faire de cette stratégie ? Que l'alliance, pour moi, signifiait vivre avec la femme choisie ? Je ne crois pas. Mon père ne prêtait pas attention à moi. Il préférait Philippe. Je me souviens de son regard vide lorsque je lui parlais des Evangiles. Il aurait pu me comprendre à défaut de m'aimer. Mais ma vocation de prêtre lui échappait complètement. Dès lors, j'ai pu devenir monarque sans crainte puisque j'étais sans modèle. Un père que l'on déçoit, comme c'est reposant.

Mais toi... tu dois te battre pour avoir ta place. Tes ancêtres t'alourdissent. Chacun a une histoire fabuleuse et choquante. A croire qu'ils se sont passé le mot. Par exemple ton grand-père Guillaume, que tu admires tant. Il est exactement mon opposé. Certes, un poète. Mais enfin, ta grand-mère était sa maîtresse. Elle s'appelait... Dangerosa. Il faut toujours croire les mots. Guillaume l'a installée dans son donjon de Poitiers, la tour Maubergeon, que des ignares dotés d'un luth ont encore la bêtise de célébrer. On raconte que Guillaume avait dessiné Dangerosa nue, à l'intérieur de son bouclier, au motif qu'« elle le portait dans son lit » et qu'il pouvait donc « la porter sur le champ de bataille ». C'est l'explication qu'il donna, dans un grand rire, aux évêques furieux qui l'avaient convoqué. Moi, ça ne me fait pas rire.

Et ton père ? Un colosse stupide qui a défié l'Eglise, lui aussi. Il a soutenu l'antipape, provoqué les évêques, renversé l'autel sur lequel Bernard de Clairvaux célébrait la messe. On en parle encore. Il a envahi Poitiers de troubadours bretons, de poètes andalous, qui préféraient chanter les amours illicites de Tristan et Yseult plutôt que la Bible. On pourrait gloser longtemps sur les folies de tes ancêtres. C'est inutile. Les morts auront toujours l'avantage. Et je voudrais te dire : n'aie pas peur, ma princesse aux poings serrés. Tu dépasses de très loin ta famille. Tu es plus grande, plus dure, et plus triste aussi. Mon défi, c'est de t'apprivoiser. De m'acclimater à cette terrible famille – car je n'ai aucune sympathie pour ses crimes. Lorsque je t'ai parée du diadème royal, ce 25 juillet, j'ai su où était ma place. Toi sur mon chemin, c'est un signe de Dieu. J'y répondrai. Car il faudra t'y faire. Je ne suis pas un roi qui ordonne, mais qui répond. Je suis un être de mots. Là est le vrai pouvoir. Il suppose la maîtrise d'une puissance redoutable, celle du langage. L'altérité n'est pas un bastion à assiéger d'urgence mais une alliée en devenir. Le vrai pouvoir repose sur des notions extrêmement subtiles, étrangères au règne animal qui, lui, repose sur la domination. Il exige de la confiance. De la distance. De l'humilité, aussi, puisque la victoire est pleinement acquise lorsqu'on a douté d'elle. Tu le vois : le pouvoir, mon Aliénor, n'a rien à faire avec les armes que tu chéris. La conquête morale sera toujours plus haute que celle des terres. Voilà pourquoi l'administration de mon royaume me préoccupe bien plus que les batailles. Ma guerre, c'est de faire en sorte que chacun respecte les décisions prises ici, dans cette salle du Conseil royal, que chacun néglige son bout de terre pour un domaine bien plus vaste nommé le royaume de France. Ce rêve d'unité a toujours été celui de ma famille. Savait-il, mon père, que son seul héritage serait un rêve ? Mais je suis content. Il vaut mieux un idéal qu'une série d'actes indépassables.

Durant les séances du Conseil, je te vois partir. Ton regard glisse vers la fenêtre. Tes poings sont posés sagement sur ta robe. A quoi rêves-tu ? Je le sais. Tu rêves de soleil et de fêtes étourdissantes, mais aussi de fracas et de sang. Tu rêves d'un idéal *bientôt mort, celui des preux aux lames rouges, fiers d'avoir tué pour imposer le respect. Tu te trompes. J'ai la vie entière pour te le prouver.*

Nous avons atteint les canaux. Mon père les avait fabriqués en déviant les rivières. Moi, j'ai ajouté les moulins. Tout mon royaume en possède. On entend leur grondement bien après les marais. J'aime l'eau qui dégringole en bouillons blancs sur les roues, leur présence robuste. La meule ne faiblit jamais. Elle broie avec une lenteur effrayante et paisible, cachée dans son écrin de roche. Par-delà les eaux, posés entre les champs et le ciel, j'apercevais les chevaux de labour, grattant obstinément la terre jaune, indifférents aux hommages.

J'ai demandé à Louis de camper plutôt que de séjourner chez les vassaux. Ici, je ne suis pas sûre d'eux. Nous sommes trop proches de l'Anjou et de son maître infernal Geoffroy Plantagenêt. On raconte même que son fils, Henri, a la tête encore plus dure... De toute façon, je voulais profiter une dernière fois de la campagne. Assise par terre, dans la vapeur blanche du matin, Pétronille m'a coiffée. Le peigne de buis fait partie des rares affaires que nous avons emportées. A quoi bon ? Les objets n'ont aucune mémoire. Et puis, là-bas, « vous aurez tout », m'a précisé Louis. Lorsqu'il s'est approché, Pétronille a suspendu son geste, mais je lui ai fait signe de continuer. Il m'a tendu un drap. Je l'ai ignoré. Il l'a déplié pour s'asseoir à mes côtés. Nous étions immobiles. Nous regardions droit devant nous. On entendait l'envol d'un geai parmi les arbres, le chuchotement des feuilles, le crissement du peigne sur mes cheveux, les grognements des chevaliers sortant des tentes, étirant leurs bras, dépliant leurs carcasses engourdies. J'écoutais leurs pas lourds, leur force respectueuse de la trêve du matin. Au loin, une rivière dévalait doucement. Dans les maisons, oh ! je pouvais les voir, ces familles à peine éveillées, deviner le bouillon chaud dans le foyer, sentir l'odeur du pain. Tout semblait calme. La grande paix qui précède les fractures. La brèche vaste et nue qui aspire les contrées sauvages et les comprime dans sa gangue, en attendant le signal. Oui, je connaissais. Un seul mot et je pouvais bondir. Etait-ce la haine que je sentais éclore en moi, cette lente poussée de fureur qui me demandait de tenir à bout d'épée ce mari coupable et mièvre ? Louis a-t-il perçu ce signal ? Peut-être. Il n'a pas ouvert la bouche. Nous nous sommes tus, dans la lumière poudrée de l'aube, face aux collines. Moi, occupée à contenir la rage et le chagrin. Lui, attentif à moi.

Ce matin, alors que nous étions assis ensemble, enrobés de petit jour, un fauconnier est venu jusqu'à nous. Il tenait à me montrer les prouesses de ses oiseaux. Tu as haussé les épaules. Je me suis levé. J'ai éloigné ma garde, enfilé mes gants. Le brave homme exultait. Dans le grand silence, il a lancé son faucon. Ce dernier a fendu la brume, gagné les cimes et glissé sur le ciel. Nous étions debout, le menton levé. Unis par ce spectacle, nous avons pensé à ce que le faucon pouvait ressentir. Comment est la terre ? Nous, les hommes, que valons-nous, vus d'en haut ? L'oiseau planait. Sa silhouette anguleuse et sombre évoquait une croix. Elle étalait sur nous sa puissance. Elle se moquait des prédateurs et des proies ; elle ignorait les parades, les calculs et les désirs. Elle déployait sa majesté pour le seul plaisir de voler. Enhardi par cette grâce, j'ai voulu t'en rapporter un. Tu étais toujours assise un peu plus loin. Pétronille n'avait pas fini de te coiffer. J'ai imaginé ta joie. Mais tu n'aimes pas la joie. Je me suis ravisé. Quelque part, au loin, une porte s'est fermée. Cet oiseau était docile. Bien dressé. J'ai levé ma main à la hauteur de mes yeux. Le dresseur a sifflé. La croix noire s'est transformée en flèche avant de redevenir faucon. J'ai senti le poids de l'oiseau au bout de mon bras tandis que ses ailes gigantesques frôlaient mon visage. Ses griffes enserraient mon poing. Malgré mes gants, elles étaient comme une morsure. J'aurais dû détourner le regard. Mais la question fut plus forte, contenue tout entière dans ces petites arches écailleuses repliées sur le cuir. Par quelle force désespérée s'accrochaient-elles ainsi ?

Nous avons passé les bourgs. Les châteaux se diluaient dans l'air chaud. Comment se débrouilleraient mes paysans avec des récoltes écrasées de soleil ? La campagne explosait pourtant en gros bouquets, sans une seule nuance semblable. Vert émeraude, pailleté, tirant sur le gris, vert presque jaune, et là presque sombre. J'avais la gorge si serrée qu'elle me faisait mal. Des dos, des dos. Des offrandes. On me tendait des cruches de lait, du miel, des couronnes de joncs, des rubans, même des bébés… Et ces mains offertes perçaient mon cœur. Peuple aimé, toi qui as poussé sur le sol de mes aïeux, montre-toi pudique et fier, retourne honorer mon nom ! Mes villes, mes refuges, quand vous reverrai-je ? Et mon pays poitevin ? La campagne s'étalait comme un voile vert et brun, un immense adieu.

Du fond de moi, les souvenirs remontaient.

Lorsque j'étais enfant, mon père convoquait au palais les artistes, les chevaliers et les évêques. Pétronille et moi, nous nous tenions sous le porche du château, au côté de nos parents. Les soldats avaient vidé la grande place. Soudain Poitiers avait un cœur, un espace où circulait l'air, qui promettait la vie. Ce cœur, c'était cette place. C'était nous. Nous pouvions entendre les

39

murmures des habitants collés contre les murs, raides d'admiration face au cortège qui remontait les rues. Au-dessus, la tour Maubergeon veillait, magistrale, sur le rêve de mon grand-père que nous poursuivions sans lui. Les évêques arrivaient les premiers. Ils descendaient de leur monture avec des airs de duchesse. D'une main, ils relevaient leur chasuble, de l'autre ils maintenaient leur mitre qui, forcément, cousue de bijoux, finissait par tomber de leur tête. Plus d'une fois, j'ai réprimé un fou rire. Mon père les accueillait poliment. Soudain retentissaient des hennissements nerveux, suivis d'un bruit de cavalcade. Les écuyers se précipitaient, leur tabouret à la main. Des créatures de contes s'arrêtaient devant nous. On déchargeait des coffres emplis d'instruments de musique, de parchemins et de fioles. Les chevaux ployaient sous de luxueuses tentures sales. A ma hauteur, je voyais les franges d'or poussiéreuses qui battaient leurs flancs. Puis venaient les chevaliers. Passaient les épées accrochées aux ceintures, des boucliers en forme d'amande renversée. J'essayais de reconnaître les blasons. Ici, un loup ; là, des serpents, des lions à la langue bleue. Le bord des capes frôlait mon visage et je respirais cette odeur si particulière de cuir, de fourrure et de route. La voix de mon père tonnait. Les étreintes faisaient trembler les murs. Mon père, un colosse aux cuisses épaisses, plantées dans la roche. Ma mère, aussi haute que lui, aux épaules carrées. Le front ceint d'un ruban, elle avait noué ses cheveux avec des fils d'or. Les manches évasées de son bliaud touchaient le sol. En elle s'exprimait la force gracieuse des femmes de ma famille. J'avais sous les yeux l'incarnation parfaite de l'élégance et du pouvoir. J'en étais le fruit. J'ai su, à cet instant, que cet héritage serait lourd et que personne, dans ce royaume, n'était prêt à me l'accorder. Il me faudrait trouver ma place. Me faire accepter – ô, la terreur de n'être pas acceptée, qui salirait mon sommeil d'adulte ! Pour qui s'est tenu face à un groupe sans que personne daigne le saluer ; pour qui a parlé face à une assemblée distraite ; pour qui a commandé des soldats moqueurs ; au muet qui se contente du regard, à l'aveugle qui n'a que sa voix ; ils comprendront la difficulté d'asseoir sa présence, et la peur de n'être pas reconnu. Ces visages et ces corps ne m'ouvraient pas la porte. Ils me laissaient devant, déjà ivre de rires et de victuailles. Et tandis que la salle de banquet se remplissait, que déjà s'élevaient les chants, Pétronille et moi montions vers nos chambres. Je savais que ces gens-là, un jour, seraient les miens, et qu'il me faudrait imposer mon nom. S'en souviendra-t-on ? Aujourd'hui les romans parlent de mon père : « Le comte manda sa cour à Poitiers. Ainsi, il y eut bien sept cents chevaliers. La cour fut belle et de grande joie… » La ville entière chante encore les poèmes de Cercamon que mon père invita longtemps. Je les fredonne à mon tour tandis qu'apparaît la masse verte des forêts d'Ile de France et que derrière, se tient mon enfance en bord de chemin, le dos voûté.

> *J'aime fort qu'elle me rende fou*
> *Qu'elle me laisse là, nez levé*
> *Qu'elle rie de moi, qu'elle me bafoue*
> *Autant en public qu'en privé.*

L'abbé Suger me jette un regard noir. Louis sourit. Sa bienveillance est plus insupportable que l'hostilité.

Hier soir je t'ai regardée dormir. Pour l'instant, je dois me contenter de ça. Ton sommeil. Tes cheveux s'étalent comme une plante molle. Leur couleur se confond avec celle de la fourrure. Je me penche au-dessus de toi. Je découvre tes paupières striées de minces rainures bleues. Les ailes de ton nez sont lisses. Ta bouche minuscule frémit quand tu respires. Quelle vie lorsque tu dors ! Tout bouge et me rappelle la nature insensée qui somnole au-dehors. Tu crois en elle. Je t'ai observée. Quand nous passons près d'une forêt, tu vérifies que ta coiffure est en place. Un coup de vent et tu lèves discrètement le menton ; un cours d'eau et tes paupières s'abaissent. Tu rends des hommages enfantins à la nature. Tu es pleine de cette ignorance qui me foudroie de tendresse. J'y vois des réflexes ancestraux, une imagination d'enfant,

42

*quelque chose de primitif et d'intact. Tu me rappelles
ces paysans du fond des campagnes qui ne connais-
saient pas encore Dieu. A leur porte, ils suspendaient
des gousses d'ail contre les vampires et invoquaient
l'esprit des moissons. Aliénor, tu es ma sauvage et je
voudrais t'apprendre la foi plutôt que les croyances. Te
laisseras-tu faire ? Tu dors. J'entends le chant infime
et tenace du renouveau. Je découvre, émerveillé, ces
correspondances secrètes dont parle le Cantique.
Miel, aubépine, ruisseau, tes belles épaules luisantes
comme des pierres blanches. Voici donc ces mystères
murmurés dans les textes. Pareille trouvaille valait
bien quelques années enfermées dans un cloître. Ta
peau est si pâle qu'elle semble éclairée de l'intérieur.
Là où ton cou s'évase vers la corolle de ton visage,
sur la ligne qui dessine le bas de ta mâchoire, l'éclat
est presque translucide. Mon visage s'approche, prêt
à traverser la mince surface frémissante, comme on
plonge dans un lac. Tu te retournes. Je recule, pris
d'effroi. Mais non ; tout est douceur. Ton corps por-
tera un jour notre enfant. Il l'entourera comme un
berceau de laine. Ton corps est toujours droit, tenu
par la colère et l'affirmation. Même lorsque tu dors, il
peut se raidir sous les cauchemars. Mais à cet instant,
il est enfin détendu, ce merveilleux corps qui ne doute
pas. Dans le creux de la nuit, il m'appartient. Je suis
si heureux que j'en ai honte.*

Il en faut beaucoup pour m'étonner. Mais je n'avais pas encore vu cet endroit. Paris : une femme énorme et sale qui danse parmi ses immondices. Plus grouillante que Bordeaux et Poitiers réunies. Nous sortions d'un long périple teinté de larmes. Soudain cette ville m'a fouetté le sang. J'ai jeté un œil vers Pétronille. Le contraste entre la chaleur du voyage et ce chaos la plongeait dans l'hébétude. Son corps ondulait doucement sur son cheval. Moi, je me sentais vivante. Paris a chassé ma peine. Elle sacrait ma victoire. Le désordre avait gagné.

Nous avons fendu cet espace rempli de bruit et d'odeurs. En levant la tête, j'ai vu les porches sculptés : un lion furieux, des bouquets de serpents, des chiens debout sur leurs pattes arrière. Ces animaux figés dans la pierre sale m'évoquaient ceux de Nieul-sur-l'Autise, et ce fut comme si ma mère m'avait accompagnée jusqu'ici. Nous avons pris l'ancienne voie romaine.

Elle descendait vers un immense marécage dominé par une colline. « Montmartre, a lancé Louis. Et cette plaine d'eau en bas, regardez. J'ai accordé aux Templiers de l'assainir pour en faire des potagers. » Ces fameux Templiers ressemblaient donc à cela, à des soldats penchés sur des choux ! Comment marcher sur Jérusalem, assaillir et vaincre, avec des rêves de maraîcher ? Louis a éclaté de rire.

« Ces maraîchers, comme vous dites, ont traversé les déserts d'Orient. Ils ont tenu le siège d'Antioche pendant huit mois. Ils ont chevauché des bœufs car leurs chevaux étaient morts d'épuisement. Ils ont pris Jérusalem, savez-vous ce que cela signifie ? Ils ont percé la muraille à l'est de la porte d'Hérode…

— Je croyais que vous n'aimiez ni la bataille, ni le sang.

— Mais j'aime Dieu. »

J'oublie trop souvent que mon mari est pieux, donc hypocrite. Heureusement, Paris avait d'autres spectacles à m'offrir. Derrière les choux des Templiers, de grandes vagues de toits dévalaient jusqu'à nous. Jamais je n'avais vu autant de maisons empilées les unes sur les autres. Louis a levé la main par-delà la Seine. « Là-bas, le quartier des livres, vous qui les aimez. Et là, l'université. Ni Reims, ni Laon, ni Chartres n'en ont d'aussi belle. »

C'est alors qu'une ombre nous a enveloppés. La sensation m'a projetée en arrière, au moment du mariage. Dans la cathédrale Saint-André, après le Sanctus, un voile nous avait recouverts pour l'échange du baiser. Autour, une obscurité froide et assourdie. Des lèvres timides avaient cherché les miennes. Pourquoi n'enlevait-on pas ce voile ? Je m'étais résignée à embrasser mon mari – moi, je me suis résignée, et promis que ce serait la dernière fois.

Nous étions face à un pont couvert d'échoppes. En bas, le port résonnait des cris des baigneurs. Autour, des venelles, des clochers, des boutiques, des cloîtres, un asile ; et pourtant ce capharnaüm s'arrêtait net. J'ai levé les yeux. D'immenses remparts semblaient surgir de la Seine. Comment une masse aussi énorme pouvait-elle tenir sur une île ? Pourquoi Paris tolérait-il ce cœur de pierre, flanqué de tours colossales, alors que son ventre semblait tout digérer ? La vie se brisait exactement au pied du palais. Si j'ai immédiatement aimé Paris, j'ai détesté aussi vite cet endroit. Ce tombeau, c'était ma maison.

Les portes se sont fermées derrière moi. Une fièvre étrange a gagné l'immense cour. Peu de bruit, mais des centaines de visages graves. On m'a aidée à descendre, escortée jusqu'à la grande salle. La mère de Louis, Adélaïde, attendait ma révérence devant le feu. Nos yeux se sont croisés. Ma mère savait se tenir, elle. Jamais elle n'aurait attendu devant un feu. Elle allait au-devant, savait déchiffrer les courbettes. Elle n'aurait pas laissé son mari devenir énorme. De toute façon, il n'y a rien à attendre d'une nièce d'archevêque. Profite, vieille statue, je te donne quelques mois avant de te mettre dehors.

À travers elle, montaient les chuchotements indignés. On parlait de moi. La voici, celle qui possède dix fois le royaume de France. Celle qui donne des ordres, chevauche comme un homme et ne craint pas le désir qu'elle suscite. Qui colore ses robes. N'attache pas ses cheveux. Porte des souliers pointus. Qui donne l'argent du royaume à des poètes venus d'en bas. La petite-fille de ce fou de Guillaume, sorcière qui a grandi en écoutant des textes obscènes, tandis que le roi, ce sage, s'est nourri des phrases sacrées. Je suis le poison, la faute, l'immense faute de Louis. « Il n'aime qu'elle, il ne voit qu'elle… » Oh, je le sais. Et je peux sentir l'appétit de ces railleurs pour ce que j'incarne. Le palais regorge de faibles qui rêvent de puissance. Je connais la grande lâcheté de ceux qui plaident la sagesse en rêvant du trône. Ils sont tous pareils, à commencer par cet abbé. Invoquer la piété des rois, envier secrètement leur faste : Suger, qui crois-tu tromper ?

Je les ai percés à jour au premier coup d'œil. Rien d'étonnant s'ils ne m'aiment pas. J'entends les raclements de gorge quand je m'exprime dans leur langue. J'ai le talent de la connaître pourtant. Qui parle ma langue à moi ? Ma sœur Pétronille, c'est vrai, mais elle geint plus qu'elle ne parle. Alors les phrases se diluent dans ma bouche. Ma belle, ma puissante langue d'oc, celle des poèmes et des guerres, tu ne sers à rien, sauf à fabriquer des regrets. Aucune bouche ne te reprend. Tu mourras d'oubli. Ce mariage m'a volé ma langue.

Dans ce palais, tout est froid. Les tempéraments comme les pièces. En entrant dans la chambre, j'ai vu le lit très large, à courtine, posé sur une estrade. Tant d'honneurs pour un si piètre spectacle ! La seule pensée de Louis dénudé me fait rire. J'ai exigé du luxe venu d'Orient. Des draps de Byzance, du velours, de la zibeline, de la soie de Damas. Ces étoffes me tiendront chaud. J'ai amené mes livres de poèmes, Tristan et Yseult, les chants de Cercamon et de Marcabru. Je les ai posés bien en évidence sur le coffre, face à la cheminée, pour que l'abbé Suger les voie. Il risque de s'étrangler car bientôt je ferai venir les troubadours de mon pays. J'ai recouvert les murs de tapisseries de Bordeaux. J'ai posé deux cuves devant mon lit et du savon dur dans une coupelle. Prendre mon bain dans ma chambre est un privilège rapporté d'Aquitaine. J'ai promis à Louis qu'il pourrait me regarder. Il sera si ému qu'il se tiendra tranquille les nuits suivantes.

Chaque matin, je découvre que le sol de ma chambre a été recouvert de menthe pendant la nuit. Quelle idée ! J'ai le sentiment de jouer un rôle. On a posé un masque sur mon visage. Je récite un texte.

Les personnages sont un abbé et une belle-mère qui se disputent la prédominance du pouvoir. C'est à celui qui sera le premier assis auprès du trône, qui sera associé aux décisions du roi. Quand il en prend… Cette mascarade est sinistre. Qui suis-je ? Il paraît que je suis reine de France. Si mes aïeuls me voyaient, ils riraient.

J'évite de me rendre dans la salle royale. On y parle trop. La chaleur de cet été a excité les appétits. Les marchands d'eau annoncent qu'ils sont désormais membres d'une hanse et qu'ils exigent le monopole de la batellerie sur la Seine. Les bouchers de Paris, regroupés en métier, réclament les mêmes droits que les taverniers de Rouen. Les tanneurs veulent ressembler aux teinturiers de Montpellier, qui leur garantit du travail en interdisant la teinture vermillon aux étrangers. Chacun veut des avantages, des garanties, et je les comprends. Qu'on les leur donne, et sans palabre ! Un bourgeois vaut un roi. Il est plus attaché à l'argent qu'à l'église. Comment le lui reprocher ? Donnons-leur tous les droits ! Grâce aux bourgeois, nos villes engrossent et rapportent. Et puis, si un jour survient la guerre, nous serons bien contents de disposer des richesses. Mais Louis soupèse, hésite, prend les avis. Qu'en pensent les prévôts ? Les échevins ? Les administrateurs ? Les officiers ? Tous ces corps intermédiaires qui salivent sur leurs miettes de pouvoir. Ils n'ont pas de corps, d'ailleurs. Ce sont des bouches ouvertes. Les mines sont graves, les commentaires tortueux. Excédée, je quitte la salle. L'abbé Suger me suit du regard.

Je reste devant mes fenêtres. Elles donnent à l'ouest, sur le verger. Les arbres ont la silhouette anguleuse des mendiants. Je pense aux vents qui traversaient mon pays. Celui de l'ouest, hargneux, gorgé de givre. Il cingle et fend les capes comme d'un coup d'ongle. Il annonce les tornades que fabrique la nuit. Et son cousin des plaines, tiède et odorant, qui a galopé depuis les vignes. Lui, il se lève avec la légèreté d'un drap. Il s'étire et caresse les joues. Ici, le vent a renoncé. Il tombe sur le jardin et le transforme en pierre. Pourtant, par-delà les murs, la vie existe. Je perçois ses échos. Les remugles de la ville remontent. Ils franchissent les ponts, traversent les tours pour s'enrouler autour de moi. Le brouhaha des îlots surpeuplés. Les clochettes des bacs traversant la Seine. Les craquements des moulins. J'entends les cris des étuviers le matin, les chants de la vieille abbatiale de Saint-Germain-des-Prés. Je perçois même le tintement des monnaies échangées sur le Grand-Pont. A moins que le désœuvrement n'emballe mon imagination ? Le monde a la forme d'une fenêtre découpée dans une pierre épaisse. Je pourrais y rester toute la journée. J'y oublie la nostalgie de mon pays, ce palais sinistre et ce mari roi de France, roi de l'ennui.

Notre histoire est à l'image de notre premier soir. Lorsqu'il s'est agenouillé devant moi, au pied du lit, dans cette chambre étouffante du château de Taillebourg, et qu'avec sa paume, il a lentement suivi le contour de mes épaules, j'ai failli rire. Il m'a dévisagée, étonné. J'ai ôté ma tunique d'un geste. « Non, non », murmurait-il, les mains ouvertes. Non ? Tant pis. Je me suis glissée sous la fourrure et j'ai fermé les yeux. Au bout d'un long moment, j'ai senti son corps tiède se glisser près de moi. Il s'est endormi. La colère m'a tenue éveillée.

Il n'a ni corps ni passion. Il n'élève jamais la voix. Ce n'est pas faute d'en avoir une. Il parle à n'en plus finir ! Il discute avec ses palatins, ses grands officiers, ses vassaux. Pourtant, les menaces se rapprochent. A l'ouest, Geoffroy Plantagenêt devient ingérable. Il veut du pouvoir – je serais bien la dernière à le lui reprocher, mais je ne dis rien. Il s'oppose à Thibaut de Champagne et je sens, derrière ses provocations, l'appétit pour la guerre. L'abbé Suger promet qu'il veille à l'apaisement. Sa voix trop douce détaille des certitudes angéliques. Personne ne le croit. Ça sent la querelle. Les doigts pressés contre les pommeaux. Chacun flaire le carnage. Mais non : ces messieurs commentent sans livrer leur pensée. Qu'ont-ils, ces gens, à venir prendre leur ration de parole ? Ils veulent des trêves sans avoir livré combat. Chez moi, on traîne ses ennemis dans la poussière. La puissance ne se mesure pas aux phrases qu'on prononce mais aux coups qu'on donne. Les mots, eux, sont pour les poètes. Pas pour les rois. Mais Louis, comme tous les timides, se sent responsable des silences. Que les puissants sont simples à comprendre ! On croit qu'un monarque ne profère jamais d'évidence, uniquement des vérités. Quelle naïveté ! Un paysan poitevin se révèle bien plus complexe qu'un roi. Le premier espère, le second croit. Le paysan souhaitera une meilleure saison, une prochaine veillée, de futures récoltes. Rien n'est plus mystérieux que cet espoir, car il suppose que le paysan s'en remette à d'autres mains. Le roi, lui, ne compte sur personne. On le respecte parce qu'il est seul et parce qu'il croit en lui. Un germe d'espoir et c'est la mort. S'il espère un avenir radieux, il avoue son impuissance à le fabriquer.

Heureusement, j'arpente Paris chaque jour. J'ai tellement hâte de me fondre dans cette ville ! Je selle mon cheval si vite que mon cortège a du mal à suivre. Pétronille dévale les marches en donnant des ordres. Je suis déjà en route. Ô joie du premier sabot qui foule la boue ! Les habitants déversent leurs eaux souillées par les fenêtres. « Gare à l'eau ! » crient-ils. Notre cortège fait un bond en arrière. Je ne peux pas m'empêcher de rire. Il faudra songer à évacuer les eaux sales. S'inspirer des moines de l'abbaye de Saint-Victor. Ils ont canalisé la Bièvre pour irriguer leur jardin. Les moines sont toujours meilleurs quand ils font travailler leurs mains. Je dois en parler à Louis. Ici, tout macère et se décompose. Les toits forment un couvercle sur lequel le soleil cogne. Dessous, avec un grand sourire, Paris mijote dans sa crasse. Il faudrait paver la ville. Le mieux serait des blocs de grès, larges et solides, que l'on poserait d'abord sur les axes principaux, jusqu'à Saint-Denis. « Attention ! » crie une voix. Un troupeau d'oies. Mon cheval a failli déraper. Je comprends mieux comment Philippe a pu mourir à cause d'un porc… Que j'aime ce chaos ! Les voici, mes forêts, mes champs, mes vents ! Transformés en toits, en places et en remugles ! Notre cortège écarte les prédicateurs, attire les mendiants et les courbettes. Des bains publics surgissent des prostituées hilares, le bonnet de travers. Des échoppes, des tavernes, des boutiques, les gens sortent et se massent autour de moi. Une reine qui chevauche comme un homme, ils n'ont jamais vu ça. Leurs regards brillent. Une femme lâche la corde de son puits pour s'incliner. On retire les draps des fenêtres. Les marchands remballent leurs étals, une petite fille me tend un panier de pommes. La ville se montre bien plus accueillante que le palais.

En passant près d'une ruelle, la puanteur est si forte que Pétronille se décoiffe et me passe son foulard pour y enfouir mon nez. Cette ruelle, m'explique-t-on, est réservée aux cadavres de chiens. On les empile et on attend. Mais je n'ai rien vu encore. Nous passons les apothicaires et leurs flacons colorés, la savonnerie, puis le Grand Châtelet, où l'administration côtoie la morgue, un beau résumé de Paris. Ma peau se hérisse. L'air se gonfle de voix et de meuglements. Ce bruit effrayant semble stagner au-dessus de nous. Le ciel, dont on n'aperçoit qu'une bande entre deux encorbellements de maisons, semble prêt à se fendre et à lâcher sur nos têtes ce sac de cris, dont on ne sait plus s'ils sont humains ou animaux. Puis l'on renifle l'odeur du sang. On baisse les yeux. A terre, une flaque grise bouge. Elle s'étire, rapetisse, ondule. Des rats. Des centaines de rats s'agglutinent sur les abats. « La Grande Boucherie », murmure une servante tandis que Pétronille manque s'évanouir. C'est une forteresse. Elle dresse ses murs de bois adossés à une église – voilà pourquoi j'aime Paris. Sans le moindre complexe, on accole la puanteur au clergé. La Grande Boucherie est la vraie reine de la ville. Cette hideuse majesté prend ses aises. Elle déverse ses déchets dans la Seine par des rigoles à ciel ouvert. Un flot continu de tripes glisse et tombe dans l'eau rouge. Des paquets de chair surnagent. Les bouchers font venir les bêtes sans payer aucun droit. Ils ont compris comment transformer un métier en puissance… Je donnerais cher pour entrer, mais Pétronille me retient. Dedans, parmi les étals, je devine la mort simple et rapide, donnée sans autre but que celui de manger. La mort utile, la plus belle.

Je voudrais remonter encore, passer par l'énorme foire des Champeaux pour y peser les selles, toucher les parchemins, caresser les lames de couteaux. Cette ville a le ventre rempli. Son peuple dévore le monde. Il ne sait pas encore combien il est petit, le monde, et qu'il regorge de pièges. Mais il se bat avec l'acharnement joyeux de celui qui n'a aucune mémoire et qui veut vivre.

Une chose m'étonne. Ce bijou sale est très mal protégé. Chez moi, Bordeaux est ceinte de murailles. A Poitiers, mes architectes lanceront bientôt des murs neufs. Ici, une palissade de bois entoure le centre. Elle ne sert à rien. La ville l'enjambe et déborde. Déjà les maisons recouvrent la campagne. Mais Louis, décidément, est un monarque placide.

Je ne suis pas placide, Aliénor. Je suis calme. Un jour j'accomplirai des exploits qui te précipiteront vers moi.

Le retour au palais est pénible. Le jour décline. Plantée au milieu de la cour, la chapelle Saint-Nicolas me nargue. Un soleil pâle traverse ses vitraux. On dirait qu'elle lance des éclairs rouges, comme

56

Adélaïde lorsqu'elle s'adresse à moi. On me prend mon cheval. Je monte cet escalier immense. J'entends le frôlement de ma robe sur la pierre. Quel contraste ! Il y aura toujours des âmes faibles pour penser que le pouvoir s'accorde avec une démarche raide, chaque pas appuyé avec soin. Le pouvoir relève de la surprise et du tourbillon. C'est un jeu réservé aux vivants.

Aliénor, quelle est cette force que je sens vivre derrière tes yeux gris ? Elle me fait peur. Parce qu'elle est pure.

Tu ne manœuvres pas. Tu es intègre. Ton élan tient en quelques mots : la guerre, la violence, la mort. Cet élan est sincère, lavé d'arrière-pensée. Il est terrifiant, il porte un nom, c'est l'innocence du crime.

Parfois, en plein Conseil du royaume, alors que des voix graves se disputent et décident, tandis que l'abbé Suger et Adelaïde s'opposent dans leur pathétique désir de conquête, et que le sénéchal prend l'avis du connétable dans un bel élan de lâcheté, je pense à mes terres. Bordeaux et Angoulême ont frappé les deniers du sceau royal. Désormais, les pièces sont à l'effigie de Louis, assortie de son nouveau titre, « roi de France et duc des Aquitains ». Il a installé des hommes qui gouvernent en son nom. Il a posé trois lys d'or sur le blason de Poitiers. Ce sont les règles. Je hais les règles. Déjà, des bagarres ont éclaté. En Gascogne, le vicomte de Gabarret a conduit une révolte contre ces hommes du Nord. Mes hommes-loups, mes indomptés ! J'ai frémi à l'annonce de cette révolte. Elle était à l'ordre du jour. Les conseillers se disaient « indignés ». Louis a pris la parole.

« Ne tentons rien. Ils se calmeront. Après tout, nous leur avons pris un joyau. »

Oh, ce sourire atroce de possession satisfaite ! Ce regard affamé comme si j'étais un gibier ! Suger a toussé. Il a redressé son petit corps pâle et carré, a frotté ses mains. Sa voix résonnait dans la grande salle.

« Sire, pas d'inquiétude. Votre gouvernement n'est pas en cause, pas plus que votre autorité. La vérité, c'est que personne n'a réussi à soumettre ces hommes. Le comte d'Angoulême, les vicomtes de Thouars et de Limoges, les petits chefs gascons, sans parler des turbulents voisins d'Anjou et de Toulouse : tous, ils ont la guerre dans le sang. La reine ici présente peut en témoigner.

— Sauf votre respect, cher abbé, certains stratèges parviennent à se faire respecter. Moi, par exemple. Et, avant moi, mes aïeuls. Mon arrière-grand-père a conquis ces terres. Il a même refusé le trône d'Italie pour soumettre les Gascons. Quant à mon grand-père…

— ... il a tenté, en vain, d'occuper Toulouse et de délivrer la Palestine.

— J'ajoute que, durant son expédition en Terre Sainte, il déclamait des poèmes à la gloire des prostituées. La duplicité, l'abbé ! La duplicité que vous ne supportez pas, et qui est la marque des gens honnêtes ! Ne sursautez pas. Et n'oubliez pas que vous parlez à une reine.

— Certes, Ma Dame. Je m'incline devant vous. Les poètes disposent d'un monde parallèle, dût-il entrer en contradiction avec les valeurs affichées.

— En contradiction ? Mais ce monde parallèle ne heurte rien. Décidément, l'abbé, vous n'êtes pas poète.

— Pour revenir aux vassaux incontrôlables, je pense, Ma Reine, en ma qualité de serviteur de l'Eglise, que ces énergies seraient plus profitables à la défense de Dieu qu'à celle d'un lopin.

— Je pense, moi, qu'il n'y a pas plus noble cause que la défense d'un lopin, comme vous dites, et qu'il faut savoir respecter les sols plus fertiles que les siens. »

Louis est blême. On referme les registres. Les chaises raclent. Les murmures s'élèvent. Les conseillers me dévisagent comme une pestiférée. Seule Adélaïde jubile. Ils sont tous très loin. Au mur, une tapisserie représente un arbre. Cette lignée n'est pas la mienne. En Aquitaine, à cette heure-ci, mes landes se laissent brûler la peau, heureuses. Derrière les pins, on fête les vendanges avec cette liesse que j'ai retrouvée dans les rues de Paris. On traîne les cuves dans les cours des châteaux. Et tandis que les filles font languir les princes, les lampions s'allument. Quelqu'un crie : « Après la panse, la danse ! » C'est le signal. Les Gascons sortent les cornemuses. Oh, ce son qui me manque tant ! Oh, peuple joueur, comment me passer de toi ? Il faudra, un jour ou l'autre, que j'amène mes troubadours à Paris. Ils réchaufferont l'air. Je sais que l'abbé Suger s'y oppose. Il est contre l'art, les jeux, les femmes heureuses, ma famille, il est contre tout ! L'Eglise peut être fière d'avoir un domestique aussi zélé. Il me scrute, il prend des mines outrées. Mais, Suger, il en sera toujours ainsi. Je suis votre peur et votre mauvais rêve. Ça commence à peine. Tenez, depuis peu, on raconte que des hérétiques ont trouvé refuge en Aquitaine. Un certain Pierre de Bruis, chassé de Provence, aurait gagné mes terres. Il y brûlerait des croix par paquets. Qu'il y reste ! Chez moi, on profane avec un grand rire.

« Aliénor ? »

Je sursaute. Je suis toujours assise. Louis se tient à la porte, prêt à quitter la salle, entouré de ses disciples. Devant moi, des centaines d'yeux inquisiteurs, des visages de fouine. J'aurais tellement voulu des regards d'homme.

Je sais que tu détestes cet endroit. Je t'ai surprise plusieurs fois campée devant ta fenêtre – c'est ainsi que tu m'as vu la première fois, alors que j'avançais vers ton château de Bordeaux dans un nuage de poussière. C'est ainsi que tu te tiens, debout, aux aguets, furieuse de ne pas pouvoir vivre. Mais, si tu étais un peu plus attentive, si ta colère te laissait parfois ouvrir les yeux, alors tu verrais que tu as tort de prendre tes pairs pour des ennemis, et l'admiration pour de la convoitise. Bien sûr qu'on te regarde et que tu impressionnes. Ici, dans le Nord, personne n'a jamais vu une reine aussi libre. Observe bien : les femmes t'imitent. As-tu remarqué la texture des robes, soudain plus belles, leurs plis, leurs encolures ? Les mêmes que toi. Et les couleurs plus gaies ? Les gorges dégagées et les bouches qui fredonnent des poèmes ? Les gens chantent, Aliénor, et c'est grâce à toi. Certes, des histoires un peu mièvres d'amour impossible, de dame glaciale et de chevaliers obstinés. Des histoires d'artistes qui ignorent la vie... Mais qui animent la cour. J'entends les violes et les cithares au milieu de l'après-midi. C'est toi qui as souhaité de la musique à toute heure. Tu as fait venir un troubadour, Marcabru. Il est gascon. Il chante à ta gloire, à celle de l'amour. Visiblement il n'y connaît rien, mais peu importe. On l'écoute en mangeant des fruits secs venus des rives de la Garonne et du gingembre confit acheté à prix d'or à des marchands vénitiens. Le quotidien est une fête. Dans la salle royale, nos discussions sont parfois interrompues par des cris, des éclats de voix venant de l'étage. Tu es en train de battre Pétronille au jeu du « Prêtre à confesse », où l'on doit inventer des pénitences cocasses. Pour ce qui est de railler les moines, je te fais confiance... Les dames de la cour ont les joues rouges d'excitation. Et je m'étonne, avec une vraie tendresse, qu'un être au goût si prononcé pour la lutte, aux idées arrêtées sur le pouvoir et l'autorité, puisse laisser derrière lui un sillage de couleur et de poésie. Te voici, tout entière, dans ce paradoxe. Et c'est à moi qu'échoit ce cadeau. Qui suis-je pour avoir mérité ce miracle ? Je pense souvent à notre mariage. J'entends encore les chants qui emplissaient la cathédrale quand l'archevêque a répandu l'eau bénite. Ton « Oui, Monseigneur », et le diadème d'or posé sur ton grand front. J'ai serré les treize pièces de monnaie dans ma main, et j'ai saisi l'anneau. Je l'ai passé sur chacun de tes doigts. Ta main semblait flotter dans l'air. « Aliénor, par cet or et par cet argent et par cet anneau, je t'épouse ici en face de Notre Sainte Mère l'Eglise, et de mon corps te fais don, honneur et promesse. Au nom du Père, du Fils et du Saint-Esprit, je te prends pour épouse. » Ô splendeur du serment ! Splendeur du mot qui rattache à la vie ! Je les répète la nuit, les yeux grands ouverts.

Pourtant, Aliénor, je ne suis pas idiot. Quand je tourne la tête vers toi, tu m'offres ton dos. Quand tu pars découvrir Paris, et que je t'adresse un signe de la main, tu lances ton cheval. Je vois tes cheveux recouvrir ta cape. Les poètes sont des enfants gâtés. Eux, ils ont la chance de pouvoir observer le visage de l'être aimé. Moi, je me contente du dos.

Je t'ai approchée mille fois, et puis j'ai arrêté. J'ai perdu le sommeil. La voilà, la vérité : la fête, c'est pour les autres. Tu leur réserves tes rires. Tu couvres d'or tes troubadours. Tu leur donnes dix fois l'attention que tu m'accordes. Pourquoi ? Est-ce ma faute si mon père et le tien se sont entendus sur notre union ? Suis-je coupable de t'avoir aimée immédiatement ? Pourtant, j'ai fait ce que tu me demandais. J'ai renvoyé ma mère vers son château de Compiègne. Je prends mes distances avec l'abbé Suger. Je ne parle jamais de cet enfant que le royaume attend et que nous ne faisons pas. Je ne reconnaîtrai pas le nouvel évêque de Poitiers. Pour toi, je brave un interdit majeur. Je m'oppose à l'Eglise. L'abbé Suger est horrifié, le clergé me croit fou. L'affaire est simple pourtant. Ma femme refuse l'évêque, je le refuse aussi. Je t'obéis, Aliénor, et contre cette force je ne peux rien, il est impensable de te déplaire. Je te suis et je dissimule.

Jour après jour, je comprends que ma fonction ne s'accordera jamais avec les sentiments éprouvés pour

toi. On ne peut pas tenir un royaume les yeux enfié-
vrés, le cœur ourlé d'amertume. Ainsi je découvre
la première qualité d'un monarque, la capacité de
déguisement. On reconnaît même l'homme de pouvoir à ce qu'il peut afficher l'exact contraire de ce
qu'il ressent. Voilà pourquoi le rôle de souverain
n'est pas fait pour les hommes intègres. Ce que je
suis – ce que j'étais, avant toi.

Les jours passent. Les choses se font. Elles me pas-
sionnent. J'essaie de t'associer à la vie du royaume.
L'abbé Suger travaille à un projet d'alliance avec le
comte Thibaut de Champagne. A Auxerre, je reçois
son hommage vassalique. Tu es présente, le diadème
royal posé sur ton front. Tu as la mâchoire serrée.
Thibaut et l'abbé ne t'approchent pas. Ils savent que
tu les détestes. Au retour, tu m'annonces que tu ne
veux plus quitter Paris. Tes troubadours ont besoin
de toi, m'expliques-tu. J'acquiesce bêtement, ébloui
par ton profil qui se découpe sur le tapis des plaines.
Derrière toi, des corneilles s'envolent en bouquet
noir. Je voudrais crier à l'injustice. Jeter tes poètes
au feu. Tomber à genoux et enserrer tes jambes. Que
jamais tu ne partes. Que tu me regardes. Mais je me
tais. J'ai trop peur de ton mépris.
    C'est donc seul que je reprends la route vers la
Marne, un brin de menthe froissé entre mes doigts.
J'arpente mes terres, l'angoisse au ventre. Cette

nature que j'aime tant, trace vivante et fine d'une main céleste, cette nature me tourne le dos, comme toi. Il me semble que les chemins tendent des pièges. Ils bifurquent, se déguisent en impasses, débouchent sur des rivières. Nous mettons du temps. J'emprunte les voies de mon royaume sans leur faire confiance. Seule l'odeur de menthe m'apaise un peu.

Durant mes visites, je découvre, effaré, ce « mal des ardents » qui ravage mes paysans. Mes seigneurs m'avaient averti. Ils me parlaient de membres noirs. Je mets pied à terre chez un meunier, en bordure de village. Devant sa porte, les gens murmurent et s'essuient les yeux. Je m'approche, on s'incline, on embrasse le bord de ma cape. J'entre. Un homme rampe vers moi en râlant, les coudes posés au sol. Deux tiges sombres sortent de ses manches, bizarrement rabougries. Ses mains. Ce sont ses mains devenues des branches brûlées. La lèpre, ça, oui, je l'ai vue, les habits collés aux corps à vif. Mais cela, jamais. Horrifié, je m'agenouille près du malheureux. Son menton luit de salive et ses yeux sont révulsés. Il se cabre et tente de me toucher. Dans les râles qui lui servent de langage, je comprends qu'il supplie, qu'il parle de délivrance. On me tire en arrière. On ne sait pas si c'est contagieux. Les moines ont tout essayé, sanglote une femme, même la mandragore ne vient pas à bout du mal.

Encore tremblant, je poursuis ma tournée d'inspection. Je découvre mon peuple bien faible. Les paysans sont épuisés. La chaleur de l'été a brûlé les sols. On redoute la famine. Déjà, les seigneurs sont soucieux. Je les pousse à fabriquer des moulins, des pressoirs, des fours, autant de progrès qui libèrent leurs paysans des caprices de la terre. Entre deux prélèvements de dîmes et d'agriers, mes seigneurs me parlent. Ils m'informent, revendiquent et commentent. Et, fatalement, à un moment, ils évoquent ton nom. Tu leur plais beaucoup.

Les bruits me sont revenus. Suger, au creux de l'oreille. Puis les officiers, ensuite les plaisanteries surprises dans les couloirs, entendues parmi la foule, et la rumeur chantée dans les foires, colportée par mes propres vassaux. Ça ricane. Ça moque. A Reims, une chanson des tavernes raconte que tu t'es offerte à Saldebreuil, ton connétable, et qu'il aurait combattu nu sous sa tunique pour te plaire. Une autre met en balance ta stérilité et tes appétits d'ogresse. On te dit Mélusine, fée maléfique qui se transforme en serpent à la nuit tombée. On raille ton élan pour l'Orient, on dit que tu as couché avec ton oncle, le roi d'Antioche. Ton oncle ! On invente que tu t'es devêtue devant lui, avec ces mots : « Le roi dit que je suis une diablesse. » Le roi ? Mais c'est moi. Moi que je frappe dans le verger, au pied de ta tour, moi dont je meurtris la poitrine en pleurant. Et je peux te dire que le roi est transi de haine et d'admiration face à ces racontars. De haine, oui, comme ces guerriers coupables et sales que je combats chaque jour, vers lesquels tu me pousses. Je ne vaux pas mieux. Et d'admiration, parce que ta liberté enflamme les têtes et qu'elle défie ce que l'on m'a appris. Or, contrairement à ce que tu penses, j'aime les défis. Seulement je n'ai pas le courage de les relever.

La colère m'a envahi d'un coup. Cela devrait te plaire, toi qui lui prêtes des bienfaits. Ma colère, cette force affamée qui cherchait un affront, s'est jetée sur tes troubadours. Vous étiez dans notre chambre, assis autour de l'âtre. Tu avais ramené tes cheveux d'un côté. Ils descendaient le long de ton buste. Tu les caressais distraitement en écoutant sa voix. Les yeux clos et la main en l'air, battant la mesure, Marcabru chantait. En bon élève, il avait choisi, bien sûr, un poème de ton grand-père.

> Elle peut m'inscrire en ses livres,
> Ne croyez pas que je sois ivre,
> Désir de ma dame me tient.
> Sans elle je ne peux pas vivre.
> De son amour j'ai si grand faim.

Que les troubadours bafouillent sur des sentiments inavouables me révoltait. Mais qu'ils chantent mon humiliation, cela devenait intolérable. Il osait me désigner, moi son monarque, comme un homme à plaindre. Je n'étais pas une victime, et encore moins le sujet de mièvreries chantées. « Dehors ! » Ta compagnie a relevé la tête. Pétronille a froissé ses manches. Tu as échangé un regard étonné avec

Marcabru. « Dehors ! » Il s'est levé, très pâle. Sa silhouette s'est dépliée sur le fond gris des pierres. Il était grand. Par un absurde sens du détail, j'ai remarqué l'arc de sa bouche, son nez droit, ses cheveux bruns ramenés en arrière. D'où m'est venue la certitude que vous vous accordiez parfaitement ? Qu'à cet instant le roi, c'était lui ? Pour que ton visage et le sien s'accordent si bien, combien de mensonges, de ruses ? Et où ? Dans le verger ? Lors de tes longues promenades dans Paris ? Au creux de notre lit ? Et quand ? Hier soir, quand tu es montée avant la fin du dîner ? Tu as adressé un signe de tête à Raoul de Vermandois. Est-il au courant ? Ou bien il y a deux jours, à Troyes, lorsque tu es arrivée en retard au tournoi que tu présidais ? Tu avais les joues rouges. La foule t'a acclamée, les chevaliers se sont inclinés devant toi. Les bannières claquaient au vent, le peuple était heureux, et toi, ma femme aux yeux d'armure, que me cachais-tu ? J'ai senti un poids s'abattre sur ma nuque. De quel droit ce Marcabru t'accaparait-il ? D'où tirait-il cette certitude qu'il pouvait, chez moi, envoûter ma femme ? Pourquoi lui donnais-tu ce que tu me refuses ? J'ai plongé, oui, plongé vers Marcabru lequel, instinctivement, s'est plié pour protéger son ventre. Ma main s'est refermée sur sa nuque. Il a glapi de douleur. J'ai serré de toutes mes forces. Les cris de Pétronille se mêlaient à ceux des suivantes. Personne ne pouvait imaginer ma peine. La colère me transformait en homme de plomb. Et tandis qu'au bout de mon bras, la tête de Marcabru bougeait de moins en moins, j'ai croisé ton regard navré. A cet instant, la terreur de te perdre m'a ôté la parole. J'aurais voulu justifier ma décision. Habiller ma rage de grands mots. Mais je ne suis parvenu qu'à hoqueter comme un animal privé d'air. Marcabru l'a senti. Il s'est dégagé rapidement, s'est précipité vers la porte, suivi de Pétronille et des autres. Je me suis appuyé contre le mur. Mes poignets battaient une mesure imaginaire et grotesque. Je savais que tu m'observais. J'ai supplié Dieu de me soutenir. Le roi, c'était moi. Je devais m'imposer. La phrase a jailli, absurde, si peu accordée à ce que je voulais être.

« Une reine ne va pas à la Grande Boucherie ! »

Nous nous sommes regardés, aussi stupéfaits l'un que l'autre. Puis un sourire. Tu souriais, goguenarde, victorieuse. Je me suis écroulé sur le banc. Habacuc, verset 2 : « Oui, c'est le déshonneur de ton propre royaume que tu as préparé. » Pour la première fois, les mots m'avaient trahi.

Je me suis redressé, hagard. Je me suis dirigé vers la porte. Pourtant il fallait que je vérifie. L'instinct ramène toujours sur le lieu d'un carnage. A cette heure, j'étais un animal aux pattes cassées. Tu regardais le feu. Tes mains caressaient tes cheveux du même geste amoureux et distrait. Rien n'avait

changé. A croire que l'épisode de ma colère n'avait
jamais existé. J'ai regardé le ballet de ces mains,
l'une remontant vers ton oreille lorsque l'autre
finissait de glisser sur les dernières mèches cou-
vrant presque ta hanche, dans une orchestration
parfaite et silencieuse. La maigre tendresse dont tu
étais capable, tu préférais te l'accorder à toi. Il ne te
venait même pas à l'esprit de m'en faire l'aumône.

Mon pauvre mari. Tu fulmines comme les nobles
aux cous empâtés. Tu t'agites. Ta colère devrait
saisir les entrailles du monde. Mais non. Elle veut
seulement attirer l'œil. C'est une rage coquette. Tu
crois que la passion primordiale de l'homme, c'est
l'amour. Tu te trompes. C'est le combat. L'homme
l'a décliné sous toutes ses formes. Il l'a paré d'armes,
peint de sang. Parfois, il a placé la mort au bout,
parfois non. Comprends-tu pourquoi je déteste les
tournois ? Car justement, c'est le combat sans la
mort, la sophistication de l'élan premier. Une petite
frayeur de princesse. On croit jouer dans le monde
des grands. Mais quand pointe la mort, on recule.
On quitte la cour des hommes pour celle des frileux.

Tu te crois à l'abri, mais le combat est partout.
L'homme l'a initié dans les chambres, sous les che-
mises, entre deux êtres. C'est pourquoi l'homme a
tant besoin de repos. Si tu lisais la poésie de mon

grand-père, tu comprendrais combien elle lui a été indispensable. Ecrire un poème, c'est s'offrir une trêve. Mieux : le rêve de ce qu'on ne sera pas. Les guerriers y abaissent leurs armes. Les pillards s'y découvrent mécènes. Les laides s'inventent ravissantes et les lâches, en quelques vers, tracent de grandes histoires de courage. Tout à l'heure, Marcabru ne chantait que ça. Un envers. Orphelin, privé d'affection, il chantait un poème d'amour. Qu'y connaît-il à l'amour, lui qui n'a jamais connu de bras rassurants ? Rien, et pourtant il l'imagine. Il chante aussi la patience, lui dont le sang gascon réclame toujours tout immédiatement. Seul le poème pouvait lui donner la réversibilité d'un monde, le vrai repos. Toi, tu n'y as entendu que la voix d'un rival. Tant pis.

Passé la grâce du poème, Marcabru retrouvera le combat. Toi aussi. Il n'est même pas sûr que tu le reconnaisses. Observe bien ton assemblée, lors du Conseil royal. Regarde l'abbé Suger, ton fidèle pilier. Il ne pense qu'à la construction de son abbaye somptueuse. N'est-ce pas un défi à ton autorité ? Il murmure à ton oreille, commente ta conduite, suggère, soupèse, conseille. Il avance ses pions. Nulle trace de dévouement. Idem pour Adélaïde, ta propre mère – qui songerait au combat entre une mère et son fils ? Pourtant… Et ton Eglise, ton pape, tes évêques ? Ils ne rêvent que de couronne. Tu le vois : le combat est partout. Ni tes textes, ni ta foi n'y peuvent rien.

Même l'amour d'une femme ne te sauverait pas. Tu es seul et tu dois combattre.

Depuis, je ne me reconnais plus. Je guette les hommes. Je n'aime pas leurs regards posés sur toi. Les tournois, les sorties dans Paris, les séances du Conseil, les visages croisés : tout est danger. Lorsque je pars récolter les impôts, et que je te laisse seule quelques jours, je ne suis pas tranquille. J'ai perdu la paix. Désormais, le monde se scinde en deux. Il y a ceux qui ont encore cette paix, ignorant leur privilège. Et il y a les autres.

Longtemps, ces « autres » m'ont intrigué. Ils formaient une peuplade étrange, cantonnée aux lisières de mes visites. J'ai vu se découper leurs ombres dans les jardins de mon cloître, après la messe du matin, ou lors de scènes d'enterrement. Je les ai entendus vivre aux récits terribles de leurs épreuves. La famine, la guerre, les incendies, les maladies, les accidents... Ils ont été désignés pour les subir. Je mesure aujourd'hui à quel point ces ombres malheureuses possèdent un savoir qui dépasse l'humain. Car ceux qui ont perdu quelque chose, comment font-ils pour éprouver encore de la joie ? Comment font-ils pour rire aux veillées, s'émerveiller d'une naissance ou d'un arbre en fleur ? Pour vivre parmi les innocents alors qu'ils ne le sont plus ? Ils connaissent désormais l'envers des choses.

On ne peut pas caresser une joue, respirer un paysage, partager un repas, si l'on connaît les gouffres cachés derrière la beauté. La main qui caresse le sait. Alors comment peut-elle encore caresser ?

Désormais, je fais partie d'eux. Aliénor, tu m'as jeté vers les âmes damnées. Je regarde, ahuri, autour de moi. Les ombres me pressent de questions.

« Et toi, le nouveau, pourquoi es-tu là ?

— J'aime ma femme qui ne m'aime pas.

— Mais tu es roi ? »

Voici donc mes compagnons d'infortune. Je suis admis en leur cercle. Eux que j'ai si souvent observés, avec un frisson d'admiration et d'horreur, composent ma nouvelle famille. Je les approche, tout comme j'ai approché ce meunier qui a rampé vers moi. Je me suis agenouillé parce que, à ce moment-là, aucun être ne me ressemblait autant que lui. Les membres noirs, la souffrance, et l'incompréhension. Oui, je comprenais parfaitement. Dans cette posture ultime, un homme qui rampe et convoque ses dernières forces, je me suis reconnu. Aliénor, tu as tes ombres autour de ton lit. Désormais j'ai les miennes.

Comme toujours, l'immense sagesse de la Bible s'impose. Je pense à l'épreuve de Job. « Nous acceptons le bonheur comme un don de Dieu. Et le malheur, pourquoi ne l'accepterions-nous pas aussi ? » Mais moi, des tréfonds de mes espaces noirs, je *me pose une autre question : et si je n'avais pas la force de Job ? Dans ce moulin, face au meunier, j'ai pensé à Dieu. J'ai pensé à l'abbé Suger, à Bernard de Clairvaux. J'ai accepté que des mains bienveillantes me tirent en arrière. Je les ai laissées m'extraire de la cohorte pour me poser en vivant. Peine perdue : je sais, désormais, que j'appartiens aux ombres. Où que j'aille, la silhouette rampante du meunier m'accompagne. Je la porte en moi. Elle a remplacé mon cœur. Personne ne soupçonne rien. Mais je sais, moi, qu'au fond du roi, il n'y a ni conquérant, ni maître. Seulement le corps malade d'un paysan.*

Un matin, la vie est revenue. La vie ! Elle s'obstinait et cognait à ma porte. « Les bourgeois de Poitiers se révoltent. Ils ont fortifié la cité. Ils cherchent à s'allier avec d'autres cités du Poitou, ainsi que de la Vendée », récitait le messager. Plus il débitait son texte, plus mon corps se redressait, attiré par l'affront, tremblant de colère. La colère, enfin. Sa force vrillante et chaude s'est déployée depuis mon ventre. Les bourgeois, rassemblés en commune ? Contre moi ? Je n'avais pas cessé de les soutenir ! Poitiers était leur havre. Je les avais délestés de leurs taxes, j'avais aménagé des espaces, régulé leurs transactions. Ces entrepreneurs travaillaient l'argent comme d'autres la terre. L'Eglise enrageait, ce qui me les rendait encore plus sympathiques. Pour elle, seule la sueur justifie le gain. Justement, j'avais défendu ces fortunés au front sec. Et c'est ainsi que ces rapaces me remerciaient ! Naïve que j'étais ! Ils révélaient leur nature : des commerçants cupides, calculateurs, qui vivaient comme des princes tout en voulant leur tête. Maintenant ces incapables, confortablement assis derrière leurs livres de recettes, se liguaient contre moi ? Eh bien, c'était un cadeau. L'autorité défiée exigeait du courage et de la haine.

Le vent s'est levé. Il a balayé les ombres. Je les entendais fondre en un murmure ; fondre avec l'ennui et le vertige des occasions manquées. Mes nuits seraient paisibles. J'ai tourné la tête vers Louis – il m'avouera, plus tard, ne pas m'avoir reconnue. « Vos yeux de guerrière. Vous faisiez peur. » L'outrage, Majesté, quel plus beau motif de guerre qu'un outrage à réparer ? J'aime la guerre car je suis du côté de la vie. J'étais convoquée. Je devais répondre.

Mais Louis n'a pas bougé. Il a d'abord envisagé la diplomatie. Ce mot atroce ! On ne discute pas de la guerre, on la fait. L'abbé Suger, qui pour une fois a servi à quelque chose, lui a soufflé qu'à ce stade de la révolte, la diplomatie serait inutile.

« Bien, a conclu le roi. Alors nous irons nous-mêmes. Mais avant cela, je solliciterai Thibaut de Champagne. Il va nous apporter son soutien financier et militaire. Il nous le doit, en tant que vassal. »

Je l'ai maudit. Le messager est reparti avec son annonce de couardise. J'ai essayé de modérer ma voix. Il la fallait douce.

« Sire, on peut attaquer maintenant.

— Aliénor, c'est non. Mon armée est trop faible. Et puis, cela fait des mois que l'abbé Suger travaille à nous rapprocher de Thibaut. J'attendrai donc ses renforts.

— C'est du renfort de courage dont vous avez besoin ! »

Il est passé devant moi sans répondre, suivi de son abbé. Avant, Louis avait un regard tendre lorsque je m'opposais. Depuis l'épisode de Marcabru, il baisse les yeux et s'éloigne. Pétronille s'est mise à pleurer. « Poitiers ! Notre Poitiers, à feu et à sang ! »

J'ai guetté chaque jour le retour du messager. La colère battait en moi comme un marteau fou. Et quand, enfin, il est revenu pour annoncer que Thibaut de Champagne ne lui apporterait aucune aide, qu'il se fichait d'épauler son roi et qu'il préférait s'occuper de Geoffroy Plantagenêt, j'ai senti la victoire. L'abbé Suger avait échoué. Je pouvais faire entendre ma voix. Après tout, il s'agissait de ma terre. De ma famille. Louis m'obéirait. Il était vassal, comme les autres. Depuis quand les hommes décidaient-ils ?

Je lui ai exposé mon plan. Un comble : pousser un roi à la tête de son armée ! Personne n'a pu intervenir. Pauvre Suger ! Lui qui aurait tant voulu profiter du départ d'Adélaïde… Qui aurait tant voulu soutirer encore de l'argent pour son abbaye de Saint-Denis… Mais il s'est heurté à un obstacle infranchissable. Moi. Mes armes. Elles sont bien affûtées. Avec Louis, je les économise. Un bain dans la chambre suffit. Un peu de gentillesse. Il résiste au début. Pas longtemps. Je le sens à bout de force. La nuit n'est jamais trop longue. Il m'aime trop. Parfois il pleure, la tête enfouie dans mes cheveux. Les hommes pieux, décidément, demandent de bien petits miracles.

On m'a habillé. D'abord le haubert. Des mains élèvent cette gangue au-dessus de moi. J'entre. Je sens les anneaux froids râper mes tempes et se dérouler sur mes épaules. La cagoule enserre mon visage et mon cou. Mon père, c'est cela que tu ressentais ? L'impression d'être enseveli sous un corps lourd ? Je te revois allongé sur des fourrures, furieux de ne plus pouvoir te lever. Tu étais devenu énorme. Suger ne quittait pas ton chevet. Ta splendeur était passée. Ta force aussi. Comme je te comprends en cet instant : la perte de ce qu'on croyait fidèle. La certitude que ces instances, si supérieures à l'homme, ne déserteraient pas. A toi la confiance du corps. A moi celle des mots. A nous la trahison. Nous nous retrouvons, par-delà les vies et les morts, unis par la même blessure.

On recouvre mes pieds et mes mains de plaques de métal. Puis j'enfile le surcot. Les armoiries royales seront la dernière chose que verront les victimes. Soudain l'air opaque et sombre. On a posé le heaume sur mon visage. J'entends mon souffle. Sa matière chaude et visqueuse me revient aux narines. Je saisis mon écu et mon épée. Alors je me transforme en roi. Ezechiel : « L'épée ! l'épée ! Elle est aiguisée, elle est polie. C'est pour massacrer qu'elle est aiguisée... »

Dehors, deux cents chevaliers attendent en silence. J'avance lentement. Chaque pas s'accompagne d'un cliquetis de métal. Je suis comme ces soudards devant moi. Je ne vaux pas mieux qu'eux. A travers la fente de mon casque, je les vois coupés de leurs jambes. Ils sont tous là, arbalétriers, archers, les ingénieurs et leurs machines de siège. Les regards sont graves, plantés sur l'horizon. Prêts à mourir. Vanité. Mourir parce qu'une poignée d'insoumis veut prouver qu'elle existe. Deux cents vies que la bêtise sanguinaire est sur le point de rafler. Je pense aux paroles de Bernard de Clairvaux sur les Templiers en route pour Jérusalem : « Les chevaliers du Christ livrent avec sûreté les batailles du Seigneur, sans crainte et sans péché. » Noblesse de la requête ! Se battre pour Dieu, oui. Pas pour les bourgeois.

« Sire, que racontez-vous ? On vous entend marmonner sous le heaume. »

Aliénor ne voit pas mon visage et c'est la première fois qu'elle me sourit.

Nous sommes descendus vers Poitiers. Funeste coïncidence : mon attirail de guerre m'empêchait de respirer les brins de menthe. Je me suis tenu droit tel que l'aurait voulu mon père. J'ai lancé l'assaut tel que l'avait prédit le prophète. « C'est l'épée du grand carnage, L'épée qui doit les poursuivre. Pour jeter l'effroi dans les cœurs, pour multiplier les victimes... » Nous avons passé les remparts. La ville était comme morte. Nos chevaux ont envahi les venelles. Pas un son, sauf celui des sabots. La grande place était déserte. Le palais ducal m'a rappelé à toi, Aliénor, et je t'ai imaginée un instant, enfant, émerveillée par les fêtes de ton père – se pouvait-il que tu aies été une enfant ? Tu avais donc été innocente et petite. L'ombre de la tour Maubergeon m'a ramené au réel. Elle imposait sa force mauvaise. Ici ton grand-père avait installé sa maîtresse. Dangerosa ! Je ne m'en lasse pas. A-t-on idée d'un nom pareil ! Ton grand-père s'en fichait, comme toi, tu te moques de tout. « Sans elle je ne peux pas vivre / De son amour j'ai si grand faim », mais comment pouvait-il mentir à ce point ? Ecrire pareil poème et tromper autant ? La duplicité et le vice avaient leur symbole. Il se tenait devant moi. J'ai placé mon cheval devant la tour. J'ai lancé l'assaut sur ta ville. Elle était à moi ! Elle ne se dérobait pas, elle ! Elle m'appartenait. Enfin, je possédais quelque chose de toi ! Je l'ai retournée avec une joie hargneuse. Nous avons mis à terre les étals, déchiré les toiles, puis lancé nos torches par les fenêtres. Les maisons ont été ouvertes à coups de pied et de manches d'épée. Pourquoi dois-je hurler à chaque porte défoncée ? Pour me donner du courage, sans doute. J'ai attrapé les hommes par le cou, ignoré les cris de leurs enfants. Les plus résistants sont morts. J'oublie toujours combien le corps d'un homme est mou. L'arme le transperce aussi facilement qu'un rideau. La plupart se sont rendus immédiatement. C'est l'avantage des bourgeois. Ils ne savent pas se battre. J'ai jeté ces corps les uns sur les autres. Mes hommes ont sorti les fers. C'était facile. Ils ne payaient pas de mine, ces rebelles enchaînés, marchant le front bas dans leurs belles étoffes ! Ils ont traversé la place au nez de tes aïeux. Depuis leur tour rectangulaire et massive, ils ont vu leur capitulation. Cette fois, nul romanesque ; la tour Maubergeon aura assisté à la défaite de ses admirateurs. Ma seule présence les a poussés à la reddition. Aliénor, tu te réjouiras de la nouvelle. Le roi de France est encore craint à défaut d'être respecté.

Sur le chemin du retour, la fièvre retombe. L'absurdité me saute au visage. Je redeviens un meunier aux mains noires. La ville saccagée, les cris des enfants, et mes hurlements lorsque la porte cède sous mes coups... Ces mêmes portes ouvertes au fond de moi, déversant la colère que je déteste. Et ce n'est qu'un début. Bientôt ce sera Reims, où les bourgeois ont déjà pillé quelques églises. Aliénor, tu demanderas l'assaut. Tu me demanderas aussi de mater Thibaut de Champagne. Ensuite tu graviras un échelon, je peux le prévoir, tu rêveras de récupérer Toulouse. Une armée, des milliers de chevaliers, des fantassins, pour venger le sol de ta grand-mère. Et puis tu oseras le pire. Tu me dresseras contre le pape. Je le sais. Tu me voudras guerrier avant d'être roi. Je vois bien que pour toi, il y a de la noblesse à menacer la vie. Personne ne t'a appris la grandeur du langage et de la bienveillance. Et personne ne m'a appris, à moi, que l'on pouvait aimer quelqu'un qui vous détruit.

J'ai vu tes bras ouverts lorsque je suis rentré. Tu t'es inclinée devant moi puis tu as levé les yeux vers mon heaume. Tout cela m'a donné envie de pleurer. Pourquoi faut-il que tu me regardes uniquement lorsque je me ressemble si peu ? J'aurais dû hurler : « Cet homme n'est pas moi ! », mais c'est bien cet homme, à cet instant, que tu remerciais. Alors je n'ai rien dit.

J'ai demandé à ce que l'on célèbre une messe. Et j'ai fait appeler Suger, parce que c'est à Matthieu, et non à Ezechiel, qu'il fallait penser : « Remets ton épée à sa place ; car tous ceux qui prendront l'épée périront par l'épée. » Mes limites sont là, Aliénor. Tout entières contenues dans un verset. Tu t'y heurtes avec ce caprice insensé : tu me demandes d'une voix tranchante que l'on capture les fils et les filles des bourgeois. Cette fois, je tiens bon. On ne touche pas aux enfants.

« Aliénor, les révoltés se sont rendus.

— Pas leurs enfants. Il me faut les enfants. Je les veux dans des charrettes grillagées. On ne cabre pas les reins chez moi. On ne défie pas ma loi. Je veux les enfants. »

Parce que nous n'en avons pas, tu veux punir ceux des autres ? Je n'ai pas osé te le demander. Tu déambules dans notre chambre. Tu t'approches si près. Tu poses ton front contre ma bouche. Tu restes immobile, puis tu relèves le visage. Tes yeux gris plongent dans les miens. Tes mains pressent mes épaules, je tombe en arrière. J'ai peur. Les ténèbres m'engloutissent. Des murs d'ombre se lèvent autour de moi, sur lesquels sont plantées des milliers de têtes coupées.

L'abbé Suger me vient en aide. Ah, Suger, mon soutien, le gardien de ma famille ! Il a écrit le règne de mon père. Et le mien ? Parlera-t-il de fils indigne, de fou, d'un roi malade de sa femme ? Ou bien louera-t-il la volonté de parole et d'autorité assise, plus fortes que les querelles de baronnies ? Et que dira-t-il de toi ? Il a l'élégance de me cacher *ses sentiments. Il m'obéit, ami fidèle et gestionnaire inflexible. Il te tient tête. A cet instant, il parle en mon nom. Moi, je ne peux plus. Je l'entends insister de sa voix douce : « Non, les enfants des bourgeois ne vous seront pas livrés. » L'air apeuré de Pétronille me renseigne sur l'avancée de vos discussions... Le calme de la chapelle, nimbée de lumière rouge, est envahi par l'écho de ta voix fulminante, pestant contre ceux qui ont « une bible entre les jambes », grondant : « Vous deviez vous rapprocher de Thibaut de Champagne, et voilà le résultat ! » Un instant de calme, puis ton hurlement : « Je vous rappelle que vous êtes un fils de paysan ! » La cour est vide. Les gens se sont cachés. Par moments, une tornade vient souffler près de moi, jusque sous la croix de la chapelle où je suis agenouillé. « Sire, est-ce que vous imaginez ce que cet abbé ose me dire », « Sire, si vous m'aimez, il faut châtier », « Un abbé ose ici me défier, savez-vous qui je suis ? »*

Bien sûr. Et je reste malgré ce que je sais de toi. L'abbé Suger me prévient qu'il descendra sur Poitiers. Aux habitants assemblés dans le quartier de Chadeuil, il annonce ma clémence. Les enfants ne seront pas pris. La ville est en liesse. Elle brandit la bannière royale. Toi, tu es en colère. Comme toujours.

Les jours suivants, tu détournes le visage quand je te parle. Ta froideur, Aliénor, j'y suis presque habitué. « Presque », car il y a encore, au fond de moi,

la volonté que tu m'aimes un jour. Malgré tes trou-
badours, les hommes autour de toi, malgré mes fai-
blesses, j'attends un miracle. Chaque jour, je te viens
en aide sans que tu le saches. Retenir l'abbé Suger
afin que tu ne le croises pas au palais. Il comprend
et s'efface. Assouvir tes envies de luxe. Faire venir
du cuir de Toulouse, du baudequin de Bagdad, des
fourrures de Norvège. Servir ces truites dont tu raf-
foles. Ordonner que l'on rase la barbe, comme dans
le Sud. Parsemer ta chambre de feuilles de menthe,
comme au premier jour, dans ta tour de Bordeaux.
Tout cela, tu ne le vois pas. Et c'est mieux ainsi. Tu
me raillerais si tu savais mes efforts.

Pourtant, je paierai cher mon refus de t'obéir. Ma
punition, ce sera Vitry, mais cela, je ne le sais pas
encore.

Car cette expédition vers Poitiers a enclenché ma
perte. Comme si, en trahissant un premier idéal, je
ne pouvais plus m'opposer. Cette barrière tombée,
la pente s'est ouverte devant moi. C'était fini. Tu
l'as senti, bien sûr. Cette certitude t'a donné une
assurance nouvelle. Tu es devenue splendidement
dangereuse. Rien ne te plaît autant que la maîtrise
du destin. Tu n'aimes pas seulement décider des
événements. Tu aimes aussi les ordonner, dans un
alignement qui selon toi obéit à la logique immuable
de la conquête et de l'appartenance. La mort, pour
toi, c'est d'être inoffensive. Ma défaite a éloigné ce

spectre. Alors tu t'es sentie invincible. Tu as osé des luttes inimaginables. Et moi, pauvre ballot, tiré par ton ambition de sorcière, je n'avais plus la force de m'opposer. Je t'ai sacrifié l'abbé Suger. Je l'ai écarté du pouvoir. J'ai promu ses ennemis. Mathieu de Montmorency a été nommé connétable. Raoul de Vermandois a repris sa charge de sénéchal. Mon chancelier, proche de Suger, a été évincé. A la place, j'ai pris Cadurc. Tu m'as soufflé son nom. Un jeune clerc ambitieux, assoiffé de pouvoir, que Suger déteste. Tu vois, ma princesse aux poings serrés, je creuse ma tombe avec soin.

J'ose même l'impensable. Je l'avais prédit. Je m'oppose à l'autorité la plus haute, celle du pape. Il a reconnu l'élection du nouvel archevêque de Bourges. Mais sur tes conseils, je conteste ce choix et lui oppose Cadurc. Le pape est très surpris. Et furieux. Dans une lettre sèche, il me compare à « un enfant dont l'éducation reste à faire ». On m'a rapporté que Bernard de Clairvaux aussi allait m'écrire, pour m'expliquer combien je le déçois.

Je sais que je risque l'excommunication. Bien sûr que j'en suis conscient ! Je frôle mon anéantissement, j'effleure mes dernières barrières. Qu'ai-je à perdre désormais ? Plus rien. Qu'ai-je à y gagner ? Un peu de ta considération. Je laisse l'abbé Suger, le pape et Bernard de Clairvaux, mes pères, parler de caprice, d'immaturité, d'obstination idiote.

Personne ne sait que derrière chacune de ces trahi-
sons, que j'ai soigneusement orchestrées comme on
règle les derniers détails de sa mort, il y a, tapi dans
l'ombre de ma chute, l'espoir fou que tu me regardes.

Les chemins sont nécessaires. Ils ne sont jamais là
par hasard. Ils ont été inventés par l'homme. Ils ont
un début et une fin. Ils sont comme la guerre. Les
chemins et la guerre n'existent que pour leur utilité.
Personne ne les entreprend par plaisir. Ils servent. Ils
sont les jalons fidèles de notre histoire, et sans eux il
n'y a pas de royaume. Le chemin que nous sommes
en train de suivre, la guerre que nous nous apprêtons
à lancer, ont pleinement leur sens. Ils serviront à
rétablir l'honneur, mais pas seulement. Après eux,
d'autres voies pourront nervurer la terre et conduire
vers des espaces plus grands. Le roi ne peut pas comprendre cela. Il est si étrange depuis quelque temps.
Parfois la fièvre l'envahit, et je sens une violence
inconnue jusqu'alors. Une force qu'il ne dompte
pas, quelque chose qui m'évoque la mer grondante
de La Rochelle – mon grand-père disait qu'on peut
défier les papes, mais jamais la mer. Louis peut se
mettre à trembler, victime d'une force qui submerge
et transforme. Je la reconnais. C'est celle qui a serré
la nuque de Marcabru, maté les bourgeois à Poitiers.
Je m'en méfie. Elle n'a aucun objet, ne croit en rien,

ne sert aucune cause. Elle tourne seule, aveuglée par son propre mouvement. Cette force n'est pas noble. C'est une violence d'enfant. Elle trépigne et elle passe. L'instant d'après, Louis se tient tranquille. Il ressemble à un vieux chien allongé, dans l'attente d'une fin prochaine. Depuis notre départ, il ne quitte pas cet état. Les écuyers l'ont aidé à monter sur son cheval. Il avance sous la pluie, presque indifférent. Son épée bat mollement ses cuisses. D'ailleurs, il n'a pas lancé le galop. Il ne respire plus ces brins de menthe. Ce geste bizarre, je le mesure maintenant, signait la présence royale. Désormais, à la place du roi, il y a un être mi-pantin, mi-loup. Je sens un point de bascule sans pourtant l'identifier. Que les hommes sont fragiles. Ils ne connaissent pas les fêlures, seulement les gouffres. Ils ont une prédisposition pour les drames. Pourtant les choses sont limpides : ma sœur aime un homme dont l'épouse veut notre perte. Cette épouse est la nièce de Thibaut de Champagne. Nous allons donc faire d'une pierre deux coups. Marquer notre autorité auprès de cette épouse et anéantir la région de Thibaut. Les grandes fractures sont toujours simples. Les marins tirent au sort pour savoir lequel d'entre eux sera jeté par-dessus bord ; les mères mangent leurs enfants lors des famines ; le roi s'oppose au pape ; la reine protège ses gens. Cela, je le sais des reines d'Aquitaine qui m'ont précédée.

La plaine du Perthois est un paysage de main ouverte. La peau luisante sous le ciel gris, elle demande l'aumône. Elle l'aura. Les tentes ont été montées à la hâte. Depuis le plateau, les hommes observent leur proie. La ville de Vitry est plantée dans la boue. Elle est fendue d'une rivière qui menace de déborder. Au bout, des moulins brassent une eau terreuse. La paille humide suinte des toits. D'en haut, on distingue la pointe d'une église, au centre, le carré vide de la place du marché. Un drapeau s'agite faiblement. J'en devine les couleurs. Celles de Thibaut de Champagne, bandeau d'argent et double cotice d'or. Celles de la trahison.

Derrière les murs, les familles sont blotties face au feu. Les hommes teillent le chanvre. Les femmes le filent. Parfaite harmonie des gestes qui en appellent d'autres. Ça sent la pomme et le pain de seigle. Les enfants s'endorment entre deux moutons que l'on a fait entrer pour avoir moins froid. Dans les granges, les bêtes frissonnent. Les faux sont rangées contre les murs. Le soir vient. Vitry s'assoupit. J'y vois un grand affront qu'il faut punir. Sous la tente, Pétronille ne pleure plus. Nous sommes ici pour elle. Je la protégerai parce que je reste sa suzeraine. Tous les usages du monde n'y feront rien. Avant d'être sa sœur, je suis sa reine.

Je regarde mon épée. Je tiens dans ma main l'his-
toire de mon royaume. Je ne suis pas seul. Mon père
et ses ducs vont tuer avec moi. Au massacre que j'or-
ganise, se superpose l'immense bataille de Reims.
Même ces troubadours stupides la chantent encore
en pleurant. Ce jour-là, mon père défendit la ville
contre l'empereur germanique. Il tint son rang. Tous
les ducs, les comtes, les vassaux, y compris les enne-
mis de toujours, avaient accouru à son appel. Pour
la première fois, les forces s'étaient rassemblées.
Alors le royaume de France était devenu bien plus
qu'une terre : un sentiment. Il défiait les frontières,
les enclos, les tracés. Il se logeait dans le poignet de
chaque homme dressé pour l'assaut. Il coulait aux
coins des lèvres. L'unité du royaume s'exprimait en
chaque soldat, capable de ce paradoxe : soulever
les troupes, dépasser le simple enjeu d'une terre,
et, dans le même temps, ancrer les hommes dans un
sol commun. Aurais-je, moi, le privilège d'orches-
trer bien plus qu'une bataille ? Je ne crois pas. Ma
mission reste une affaire de vengeance, de territoire
reconquis au mieux. Pétronille a épousé Raoul de
Vermandois. Il était déjà marié à la nièce de Thibaut
de Champagne. Ce dernier a saisi l'aubaine. Il a
appelé le pape contre moi et obtenu l'excommuni-
cation de Raoul. Aliénor est devenue folle. Thibaut
est son ennemi personnel. Elle ne lui pardonne pas
d'avoir refusé de marcher sur Poitiers pour punir

les bourgeois. Ni d'avoir pris le parti du pape contre nous. Et encore moins de barrer la route au mariage de Pétronille... En réalité, elle ne pardonne à personne. Enfant de la colère et de la haine, Aliénor, tu n'es que ça, une enfant. A quoi servirait d'en fabriquer un ? Tes yeux gris de cendre et de ruines. Ta voix douce.

« Sire, je suis la vôtre. Alors, si vous m'aimez vraiment, comme on le dit, envoyez votre enfant à la guerre. »

Et je l'ai fait. Nous sommes à Vitry pour venger Pétronille. Moi, Louis VII, j'engage mon armée pour qu'un tendron de dix-sept ans puisse aimer un vieux borgne.

Ce soir l'armée des ombres est terrassée. Je la surplombe. Ma tour est un plateau boueux mais il vaut tous les postes. En bas, les soldats du roi ont assailli la ville. Chaque groupe attaque un versant pour atteindre le centre. Le feu encercle lentement l'église et la place du marché. Ses bras souples ondulent avec le bruit du tonnerre. Je crois parfois sentir son souffle brûlant. Les toits crépitent. Le fracas mêle les craquements des poutres, les cris humains et la zébrure des lames. Du haut des granges, les soldats ouvrent les sacs qui répandent leurs entrailles granuleuses. Les brins de paille volent doucement dans la fournaise.

Les bêtes détalent, affolées, roulant les têtes sous leurs sabots. Un soldat chevauche un bœuf tout en frappant son cou. Un autre brandit deux bébés, un dans chaque main, avant que leurs langes ne s'embrasent. Des paysans surgissent, armés de faux, puis s'écroulent transpercés. Certains lancent des pierres, d'autres protègent leurs enfants. Les hennissements des chevaux sont si stridents qu'on croirait des cris de femme. De gros bouillons noirs dégringolent sur les roues des moulins. Les tonneaux ont éclaté contre les berges. La rivière charrie le vin et le sang – un instant je crois être près de la Grande Boucherie, face à la Seine. Un cheval a bloqué la roue d'un moulin. Son corps paraît hoqueter, battu par le courant. Contre lui s'amasse un mur de cadavres, moutons, chiens, adultes, enfants.

De son côté, l'armée de Thibaut de Champagne, alertée trop tard, se bat pour entrer dans Vitry. Ils sont au flanc nord. Leurs chevaux refusent le feu. Ils se cabrent et reculent. Les archers ont pris position. Leurs piques plongent en averse noire. Elles s'abattent sur les petites silhouettes égarées ou disparaissent dans le brasier. Thibaut met pied à terre. Il débouche son outre et la renverse sur sa tête. Ses hommes l'imitent. Ils s'élancent. Je les vois ressurgir au sortir de la grande place, avec la moitié du groupe seulement. Cette horde disloquée manque de se faire piétiner par les habitants. Ça court, hurle, se heurte et se fait transpercer par les soldats qui ont repris leurs esprits. Les femmes et les enfants se ruent vers l'église. Celle-là ! Elle hisse sa grande silhouette de bois, toujours hautaine. Est-elle fière de ses textes, de ses mots, de ses paroles inutiles ? A ses pieds se joue la fin du monde. De mon plateau, je savoure la défaite de Thibaut. Qu'il reprenne sa nièce ! Raoul de Vermandois a bien raison de lui préférer Pétronille. Qu'il garde sa couardise, ses caresses au pape, qu'il meure avec ses batailles perdues ! Je venge ma famille qui n'aura plus honte de moi. Je danse dans la ronde du feu, dans ce nuage orange qui vint pour m'épouser, il y a longtemps, quand j'attendais dans ma tour de Bordeaux. J'y danse avec mon mari méconnaissable, hirsute, combattant brouillon et volontaire, enfant devenu homme. Louis a retiré son heaume. Il tonne, virevolte, fait tournoyer son épée de sa main enfin brave, qui trembla jadis en s'inclinant devant moi. Il est cet animal qui grimpe sur les toits et les déchire d'un coup de lame avant d'y lancer une torche. Il est celui qui saute et se retourne, bondit comme un diable et embroche la famille qui s'échappe en toussant. Il est celui qui surgit face à Thibaut, démon de braise, l'arme levée. Thibaut esquive. Recule. Se heurte à la cohorte des mères au front baissé, la marmaille braillante tenue contre elles. Louis hurle des paroles que je ne distingue pas, j'entends le mot « glaive », « royaume », « Dieu ».

Que peut-il bien réciter dans une situation pareille ? Derrière, trotte une petite barrique, non, c'est Raoul de Vermandois. Un villageois se jette sur lui avec sa fourche. Raoul l'évite et d'un geste rapide, il lui fend le dos. Puis il reprend sa course derrière Louis. Il me rappelle les créatures que dessinent mes troubadours autour de leurs textes. Dans le ventre des lettres, on lit l'avenir des hommes. Voici l'histoire d'un moine qui se transforma en bête une fois la nuit tombée. Lui poussèrent deux ailes pour bondir de toit en toit ; et deux griffes au bout des bras qui protégèrent son royaume. L'armée ennemie tenta trois fois de pénétrer le cercle. Trois fois elle fut repoussée par le feu. La bête couronnée criait des sons inconnus. Elle vivait d'une colère sainte, ivre d'elle-même, née du chaos. Son épée brillait d'un éclat orangé que seule sa dame reconnut, nuage, feu, naissance, la lumière de l'arrachement et des retrouvailles.

Qu'a-t-il dit, déjà, l'archevêque de Reims qui m'a sacré roi ? Quels étaient les mots lorsqu'il m'a remis l'épée ? « Prends ce glaive à toi donné, avec la bénédiction de Dieu, par lequel tu puisses repousser tous les adversaires de la Sainte Eglise et défendre le royaume. » Sa voix résonnait sous les voûtes. La belle ironie ! Désormais la parole de l'Eglise m'est refusée puisqu'elle m'a excommunié. Les cloches ne sonnent plus. Mon royaume ressemble à une sorcière. Ses yeux gris me dardent de là-haut, je le sens, exactement comme au premier jour. Aliénor, tu étais dans ta tour de l'Ombrière et j'arrivais avec mes hommes et mes carrioles d'illusions. Maintenant tu es sur un plateau de Champagne pour assister au spectacle. Tu domines, comme toujours, tu ne sais faire que ça, te hisser au-dessus et savourer. Je t'ai tout donné. Je te sais debout, les cheveux lâchés, trempés malgré ton voile. Tes mains restent propres. Les miennes sont rouges et poisseuses. Ma lame ouvre les ventres, assourdit ma mémoire. Je n'ai plus aucune chance. Chaque corps que je tue accélère encore ma chute, mais quelle importance ? Pivotant sur moi-même, j'aperçois brièvement le carnage. Du feu, du sang, et le bruit de la mort qui vient. Le glapissement de douleur, la tête qui heurte le sol. Encore un mort de ma main ! Je m'enfonce un peu plus vers tes ténèbres, Aliénor, tu me croyais faible ? A chaque homme que j'abats, j'abats aussi mon père. Pas d'envahisseur, pas de levée massive du pays, encore moins l'éclosion d'un sentiment d'unité. Mais des barbares, la colère aveugle, l'absurde déshonneur. Vois, père, combien je ne mérite rien ! Et mes autres pères, regardez-moi vous décevoir ! En cette heure, l'abbé Suger et Bernard de Clairvaux sont à Paris. Ils sont assis dans la salle du Conseil royal. L'âtre est froid. Elles se taisent, mes *sommités, car elles savent ce que je suis en train de faire. Elles se demandent où sont passés l'enseignement, la sagesse et la confiance. Ensevelis sous des torrents de sang et de boue ! Vois, Eglise à qui j'ai donné ma jeunesse, où je suis tombé ! Mon Dieu, pourquoi t'ai-je abandonné ? Pour toi, Aliénor ? J'ai engagé mon armée à Poitiers, Reims, Toulouse. Sur tes ordres ! J'ai chassé ma mère, banni l'abbé Suger. Sur tes ordres ! J'ai trahi l'Eglise et perdu l'estime de mes pairs. Encore tes ordres ! Alors je frappe avec la joie mauvaise du bourreau. Je brise les symboles, je fracasse toutes les noblesses apprises au cloître. Voici revenu le temps des sources miraculeuses et des bêtes en forme d'homme ! Les nonnes allaitent des singes, Dieu a une tête d'oiseau, et l'autel supporte un âne : ton monde a gagné, Aliénor. Les croyances archaïques appellent le chaos et je patauge dedans. Je piétine les mots, j'entends hurler le vent de la superstition tandis que se lèvent les sculptures obscènes des abbayes et les farandoles parisiennes. On me pousse vers la grande fête bouffonne où le corps a dévoré les livres, on lève ma main pour qu'elle frappe et s'amuse. J'abats les portes, tranche les silhouettes. J'entends des cris, je me retourne. Derrière moi, courent les mères et leurs petits. Ils se jettent vers l'église et les portes s'ouvrent. Comme je les envie ! Croire encore que Dieu protège ! Courez, âmes innocentes, si vous pensez qu'un lieu saint préserve ! Moi, il ne m'accepte plus.*

Pétronille étouffe un cri. Les flammes lèchent d'abord la porte. L'ogre brûlant a goûté ; il est séduit ; il se jette sur le festin. L'église s'enflamme comme un tissu. La lumière cambre ses tiges vers le ciel. Les hurlements montent. Ils sont aigus, presque cristallins. Dedans, il y a uniquement des femmes et des enfants. L'innocence de Vitry brûle sous nos yeux. La mienne a péri il y a trop longtemps. L'innocence meurt d'une église qu'elle croyait protectrice. Le beau symbole ! Un nuage grossit, souple et sombre, libérant une odeur de viande rôtie. Les gerbes poudroient la scène d'un éclat rouge. Cette fois c'est la panique. Les armées se précipitent vers la rivière. J'ai beau plisser les yeux, je ne vois plus Louis. Des centaines de poupées aveugles pataugent, poussant les cadavres, ennemis soudain unis par le même désir de fuir. Derrière eux danse l'Enfer. Ils avancent dans l'eau noire, repoussent les cadavres, écrasent leurs frères agonisants. Certains sont tombés à genoux. Paumes ouvertes, tête nue, ils implorent le ciel. On leur marche dessus. D'autres ont les mains collées contre leur casque, à hauteur des oreilles. Ils voudraient ne plus entendre. Ils se penchent en avant, se ruent dans de grandes éclaboussures. Mais les cris d'enfants remplissent tout l'espace. C'est le chant du premier monde. C'est la complainte des cœurs tout neufs, ceux qui croient aux arbres et pensent que l'adieu rend triste. C'est l'entêtant refrain de nos élans brisés mêlant les crépitements, la charpente effondrée, les effluves de chair cuite, le grand ricanement de la victoire.

Je me tourne vers Pétronille. A sa place se tient Louis. Il est debout, l'épée à la main. Il contemple son œuvre. Les flammes font danser les ombres sur son visage livide. Sa mâchoire est si serrée qu'elle tremble. Une entaille descend de son oreille vers son cou. Ses boucles sont des fils grillés. Son crâne est parsemé de plaques rouges. Zébrures de suie, de sang, cheveux brûlés, soudain il tourne son visage vers moi. Je n'aime pas ce que j'y vois. Je pense aux vers de Marcabru.

> *L'homme encombré de folie*
> *Jure, promet et s'engage.*

Comme toujours, les poètes ont raison.

Au bout d'un long moment, les rescapés reviennent. Certains soldats errent, hagards. L'air se remplit de râles. On retire les heaumes devenus noirs. On pose les cataplasmes sur les yeux, ouvre les plaies, distribue les bâtons à mordre. Les fers attendent dans la braise, écho rougeoyant de l'incendie qui se poursuit en bas. Les hurlements ont cessé.

Au matin, lorsque je sors de la tente, Louis n'a pas bougé. Il se tient debout, au bord du plateau. Sa main serre toujours son épée. A ses pieds, une plaine fumante de cendres et de cadavres. Les volutes montent vers les nuages et l'on ne sait plus qui, de la terre ou du ciel, tend les bras vers l'autre.

Je m'approche. J'effleure son épaule. Il tombe.

Le convoi reprend la route vers Paris. Les civières pèsent lourd. L'odeur de chair brûlée nous accompagne. Pour ne plus la sentir, les soldats hument des brins de menthe. Il me semble voir Louis démultiplié. Des centaines de rois m'entourent, répétant le même geste à l'infini. Certains ont même rempli leurs narines d'herbes odorantes. De profil, ils m'évoquent de vieux démons, la peau noire, des tiges sortant du nez. On gémit dans les rangs. Les plus fous invectivent le ciel. Mais le gros des troupes avance d'un pas lent, écrasé. Pétronille et Raoul de Vermandois chevauchent sur le côté. Ils se tiennent la main.

Louis est allongé dans une carriole couverte, surmontée du gonfanon royal. Il garde les yeux ouverts. Il fixe un point invisible quelque part au-dessus de nous. Son visage est d'une blancheur marmoréenne. Lui, l'homme de parole, n'a pas articulé un son.

Les jours suivants, il refuse de s'alimenter. Il reste allongé sur notre grand lit à courtine, dans son habit de combat. Il a refusé que je le déshabille. Sous l'armure, la tunique sent le feu de bois.

Les moines défilent. Chacun porte un remède différent. La mandragore sous toutes ses formes n'y peut rien. Les sirops d'épices, les décoctions de plantes, les compresses d'huile, tout cet attirail amollit encore Louis, les paupières tombantes, plus pâle que jamais. Il geint dans son sommeil. Il m'appelle. Il parle de feu, d'église, de ses pères. Il invoque un meunier aux membres brûlés. Il demande pardon. Quel bruit ! Dès que les moines ont le dos tourné, je glisse sous les couvertures une pierre du Poitou dans un sac de soie. La pierre des marais éloigne les mauvais rêves. Au moins, je dormirai tranquillement.

Car mon sommeil est calme depuis Vitry. Mes ombres ont capitulé. Elles ont vu de quoi j'étais capable. Désormais elles s'affaissent autour de moi. Je peux les fouler, marcher sur elles d'un pas léger, m'étendre sur leurs dos et pleurer d'apaisement. Je m'allonge sur mon tapis d'ombre, heureuse du sourire clément de ma famille, oublieuse d'un homme trop faible pour être roi.

Je me sens forte, gonflée de colère. J'ai faim de bataille. Thibaut de Champagne prépare sans doute sa revanche. Il faudrait entraîner nos hommes, élaborer une stratégie. Se tenir prêt. Hélas, je ne peux rien faire. La décision appartient au roi. Maudit pays qui ne compte pas sur ses femmes ! Je reste stupide, impuissante. Je voudrais secouer Louis, le prévenir qu'un nouveau convoi nous attend. Nous repartirions ensemble, ouvrant la marche, fiers sur nos chevaux, tous les deux sans peur. A quoi la colère aura-t-elle servi ? Pour qui, pour quoi cette église en feu ? Pour un moine gisant dans son armure, perclus de remords. Regretter un combat est bien pire que de le perdre. Louis que j'ai découvert lors de la prise de Vitry et, je l'avoue, presque aimé à cet instant. Lui qui a réussi à me surprendre, levant un espoir fou, celui d'avoir déjoué les règles… Eh bien ! Il s'effondre, me laissant sans appui.

Près de la cheminée, veille le vase de mon grand-père. Il est en cristal. En haut, un cercle d'or incrusté de perles noires et blanches ; en bas, un socle sur lequel s'enroule mon nom. Le cristal s'évase avec la grâce d'un cou. Cette splendeur, il me l'avait offerte, à moi sa petite-fille, et je l'ai donnée à Louis en cadeau de mariage. Que vient faire ici un si magnifique trophée ? Il n'a pas sa place dans une chambre de malade. Du bout des doigts, je suis sa ligne translucide, caresse les perles, les médaillons violines, épouse les arabesques. Le gâchis me saute aux yeux.

Si Louis meurt, je me remarierai avec celui que j'aurai choisi. Je ne laisserai rien ici, pas même un regret, pas même un enfant. Je prendrai un homme de conquête. Un homme qui ne s'effondre pas après la guerre. Alors oui, je ferai ce qu'on attend de moi, je fonderai une descendance, je me plierai aux règles. A condition que cet homme me ressemble.

L'abbé Suger n'est que prières. Un murmure s'élève de sa bouche, continu, incompréhensible. Il s'agenouille jusqu'au soir près du roi. Ces deux-là se valent et se complètent ! Excédée, je demande à Suger de repartir à Saint-Denis, sur son chantier. N'at-il pas terminé, avec son abbaye somptueuse ? Est-ce que les ouvriers n'ont pas besoin de lui là-bas ? C'est à peine s'il m'entend. Il reste à genoux, le visage à ras du lit, au plus près de Louis. Le seul domaine qui l'éveille un peu, qui soit conforme à son esprit étroit, c'est la gestion. Il s'est occupé de nos cadavres ramenés de Vitry. Chacun a été enterré dans les règles chrétiennes. Et voilà maintenant qu'il refuse que le peuple danse dans les cimetières. Il en parle à tout le monde avec des airs outragés. Il l'a même inscrit au menu des discussions du Conseil royal.

« Les gens se déguisent, chevauchent des bâtons, conduisent des rondes autour des tombes… Ils font la fête au cimetière ! Ma Dame, est-ce que vous vous rendez compte ? » me presse-t-il en écarquillant les yeux. Mais comment lui expliquer que ces farandoles relient les vivants aux morts ? On danse, mais oui l'abbé. On appelle du corps ceux qui n'en ont plus. On rit aussi, et on taquine, en espérant que les morts souriront. Les hommes d'Eglise voudraient briser ce lien et faire du cimetière un lieu hostile, coupé des vivants. Je m'agenouille à mon tour. Je m'approche du visage triste et sans lèvres. Sous les sourcils broussailleux palpitent deux petites aiguilles apeurées. Ma voix très basse se perd dans les plis épais des fourrures. Mon murmure est celui du vent dans les fissures du monde.

« Suger, je n'ai pas été élevée ainsi. La mort n'est pas une ennemie. Elle ne promet ni punition ni souffrance. Elle fait partie du jeu. Savez-vous ce que les gens font dans mon pays ? Ils organisent des chasses aux revenants. Le rendez-vous est chuchoté de maison en maison. On a repéré les bosquets. Raccommodé les capes de laine. Chargé les sacs de provisions. Il faudra tenir. Les hommes se saisissent de bâtons et de râteaux. Ils se fondent dans la nuit froide. Ils se retrouvent, se groupent, attendent. Ils guettent les fantômes noirs que l'on a vus passer plus au nord, il y a quelques jours. Qui devraient arriver ici. On parle d'une armée toujours en marche, sans but, hébétée. Ceux qui l'ont approchée ont reconnu un voisin qui a défié l'évêque ; un bébé enterré sans sépulture ; un baron rapace, une suicidée, parfois une famille entière… »

Les yeux de l'abbé s'ouvrent d'horreur. Nous sommes si près que mon souffle caresse ses yeux. Il cligne les paupières, jette un œil vers le roi qui dort près de nous, implore silencieusement son aide.

« Mais il dort, l'abbé, et vous êtes seul avec moi. Ecoutez encore. Ces ombres muettes avancent avec leurs chevaux, parfois leurs carrioles. Elles ont le visage mou, les yeux vides. Qu'elles existent ou non n'a aucune importance. Seule comptera la peur partagée. Celle des hommes tapis parmi les arbres, leur nuit vaincue par l'attente. Celle que transmettront les mères lorsqu'elles filent la laine, un enfant sur chaque cuisse. La mort unit les êtres, soude les villages. On l'aime pour cela. Sa menace rapproche les hommes. La mort, vous le voyez, est la pire ennemie de la solitude. »

Un matin Louis s'est réveillé. A l'instant où il a ouvert les yeux, je me suis tenue sur mes gardes. Que me préparait-il ? Pétronille et Raoul habitaient ensemble. Ils étaient mariés malgré l'interdiction du pape. Thibaut avait perdu cette première bataille. J'aurais dû me réjouir, et pourtant... La flamme vacillante dans les yeux de Louis, sa mâchoire crispée, comme s'il n'avait pas desserré les dents depuis l'incendie, sa barbe blonde, trop virile, presque déplacée... L'abbé a bondi dans la cour, ameuté les gens, inondé le royaume de messagers enthousiastes. Le roi sortait de sa torpeur, béni soit-il, bénies soient les armoiries de France, gloire à la résistance de Louis VII en qui coule le sang des Capétiens. Le

Conseil royal s'est réuni, les cuisines ont empli l'air de mille parfums. Moi, j'ai fait seller mon cheval et je me suis enfoncée dans Paris.

Je t'ai cherchée. Tu n'étais pas là. J'ai vu les larmes de Suger, entendu sa voix hachée. Il remerciait Dieu. Il m'annonçait la célébration du chœur de son abbaye en mon honneur, la venue prochaine de Bernard de Clairvaux. Il parlait d'une promesse, d'un long voyage, la certitude que tout serait lavé. J'ai cherché l'odeur de menthe. Des cuisines montait un fumet de volaille et d'estragon qui m'a soulevé le cœur. Et toi, où étais-tu ? Tu reviendrais vite, m'a assuré Suger. Tu étais partie dans une de tes innombrables explorations de Paris. Maintenant ? Maintenant, mais pas d'inquiétude : tu allais revenir, promettait mon abbé, le royaume entier m'attendait dehors, il fallait revivre. Revivre. Avec ce que j'avais accompli.

J'ai avancé, fendu les marchés, j'ai laissé Paris m'engloutir. Sur le Grand-Pont, j'ai écouté cette vie grouillante qui remonte sous les arches, installe ses maisons comme des insectes entre les pattes d'un animal. M'ont accompagnée les parfums du cuir, des draps, des légumes, et les chants des juifs sortant de la synagogue. Puis la ville m'a déposée sur les talus de sa campagne. J'ai tâté l'herbe en aveugle, respiré son parfum. J'ai enfoui mon visage au plus près des racines. Qui m'accueillait mieux que la terre ? Moi qui fus arrachée à la mienne, un soir dansant de lumière. Moi qui avais trouvé ma place, enfin, un convoi vint m'en priver. J'avais des sols et du pouvoir. J'ai maintenant une couronne et les mains vides. Et ces règles absurdes sont écrites par des hommes assis face à un feu, dans la tiédeur d'une salle qui n'a connu que les repas. Un jour ils se sont dit : « Aliénor a plus que nous. Dépouillons-la. Ne faisons pas la guerre. Simplement le mariage. » De la vie, ils ne connaissent que les tambourinements lointains. Ni passion, ni colère, ni trace ; mais des décisions collégiales prises entre pédants. Ils ne savent pas distinguer un orme d'un bouleau. Ils s'étonnent lorsque, dans les chaumières, les gens ne balaient pas la chambre d'un mort. Ils se demandent pourquoi l'on pleure en chantant. Ces croyances venues d'un autre temps les indignent. Ce ne sont pas des hommes de pouvoir, non. Ce sont des puissants. Des hommes chargés de la régulation d'un monde dont ils sont coupés. Ils n'ont pas eu d'enfance souriante, donc ils ignorent le regret. Ils ont oublié l'herbe qui a porté leurs premiers pas. Ils n'ont aucune idée de ce que représente un sac de froment, un plan de bataille, une veillée. Ils ne savent rien. Alors ils imaginent. Ils écrivent des lois qui se heurtent sans cesse au déroulement des choses mais ils n'admettront jamais leur défaite. Ils continueront d'écrire des règles dans la pénombre de leurs salles, feront et déferont des vies avec l'ardeur idiote du joueur qui ruine sa famille. Et ces hommes ont décidé pour moi.

Louis est avec eux. Pour cela, je lui en voudrai jusqu'au dernier jour. Toujours ma mémoire le liera à l'ignorance des puissants. Il a sa place dans leurs rangs. Et pourtant, depuis le début, quelque chose l'abrite de ma colère. Je peux bien être honnête, maintenant qu'il me faut battre seule. Louis possède une arme redoutable. L'innocence. Elle le protège de moi. Je me souviens de notre rencontre dans mon château de l'Ombrière. Il se tenait parmi nous qui lui ressemblons si peu. Il était comme une erreur. Alors oui, je l'avoue. Le mélange de tendresse et de pitié que j'ai ressenti n'était pas celui d'une femme pour son époux, mais bien d'une femme face à l'enfant qu'elle fut. Louis porte un temps que j'ai perdu. Un temps où je n'avais encore rien à prouver, où l'avenir semblait simple. Les troubadours savent chanter cette immense légèreté. J'ai regardé Louis, sa silhouette frêle et souple, ses yeux largement emplis d'espoirs. J'ai entendu l'insouciance des grands matins, seulement traversés des rires de Pétronille et des miens. Nous étions des enfants et non des héritières. Un temps sans le regard des ancêtres. Un temps où l'on jouait à s'enfouir sous les feuilles, où la boue n'était pas sale.

Peut-être est-ce pour cela que Louis a eu ma froideur et ma distance. Comment pouvais-je l'approcher sans souffrir ? Chaque fois que nous nous sommes tenus côte à côte, les souvenirs m'ont assaillie. Il est des temps qu'il faut savoir ignorer. Faute de quoi, à force de les contempler derrière soi, on se brise le cou.

J'ai sous-estimé la force de l'innocence. Je l'avais oubliée. Lorsque Louis a ouvert les yeux, j'ai reconnu la fièvre dansante de son regard. Oh, cette terrible ferveur, surgie des mémoires ! Bien sûr que je la reconnaissais. C'était à Parthenay. J'avais douze ans. Bernard de Clairvaux se tenait sur le parvis, immense. Son regard bleu transperçait les corps. Il brandissait silencieusement le ciboire et l'hostie. Il faisait face à mon père venu le défier. C'est alors que lui, le guerrier libre, partisan de l'antipape, interdit d'église où il avait pourtant pénétré en armure, céda sous les yeux de ciel. Mon père plia les genoux. Il couinait. Sa barbe luisait de salive. Il tremblait si fort qu'il s'avachit dans un bruit de métal froissé. La foule immobile retenait son souffle. La voix de Bernard de Clairvaux tonna. « Devant toi est ton juge, dans les mains de qui tombera ton âme… » Elle parlait de tourments éternels, de punition divine. Elle ordonnait le don de soi. Et mon père soudain releva la tête. Son expression était si intense que l'assemblée laissa éclater sa joie. Mon père acceptait. Savait-il qu'il mourrait un an plus tard, sur le chemin de Saint-Jacques-de-Compostelle ? Non.

Pour l'heure, il essuyait sa barbe, couvait Bernard d'un regard adorant, et rentrait mentalement dans les ordres avec un air d'enfant malade.

Louis avait cet air lorsqu'il s'est réveillé. On ne peut rien contre cet élan. C'est celui du coupable qui croit en la justice. Le mot pervers ! Quand il faudrait seulement assumer ses actes ; quand il faudrait accepter que l'injustice fasse partie du monde, comme le lièvre sait qu'il se fera dévorer par l'aigle ; et quand on aura compris qu'une société bancale ne rêve que de piliers pour se lever enfin, alors, l'Eglise cessera de brandir le miracle du rachat. Et les hommes, qu'ils soient mon père ou le roi, ne croiront qu'en eux-mêmes. Mais l'Eglise transporte les âmes. C'est son égalité avec la guerre. Qu'adviendrait-il de moi ? J'avais trop exigé de Louis. C'était évident. Je ne m'étais pas assez méfiée de son innocence. Elle ne supportait pas la souillure. Elle réclamait des gages et des habits neufs. Louis avait pris son parti plutôt que le mien. Ce choix permettait à mes adversaires de gagner du terrain. Les hommes de Dieu se frottaient les mains. Enfin, la reine perdait son influence ! Enfin, le roi, redevenait docile ! Le clergé l'aiderait à revenir sur ses décisions. Il aurait à nouveau les grâces royales. Ces hypocrites utiliseraient la ferveur sincère de Louis. Ils s'en serviraient pour m'affaiblir. Déjà, dans le pays, ils répandaient le nouveau nom de la ville, Vitry-le-Brûlé. Bernard de Clairvaux avait écrit à Louis pour lui reprocher l'incendie. J'entendais la liste de mes accusations. Je pouvais deviner la première, la pire : ne pas donner d'héritier au royaume. Louis, épuisé, laisserait faire. Allongée dans l'herbe, j'ai pensé à Bordeaux et Poitiers. Mes tours carrées, mes places, mon fleuve et mes moulins, mes seigneurs… Je devrais me battre sans eux. Le combat qui m'attendait se jouerait dans mon camp, face à mon mari. Ma bataille portait un visage, un regard hébété, une couronne. Et je devais me protéger.

Avant toi, j'étais bien. Je méditais toute la journée dans mon cloître Notre-Dame. Chaque matin, le réveil, le drap, la froide caresse de la pierre et les chants enveloppants. A peine le murmure froissé des pages. Moi, dans un lointain recoin de ma mémoire, renouant avec cet enfant joyeux que j'ai été. J'étais accepté. Toi qui passes ton temps à exclure, peux-tu comprendre cela ? Loin de ta violence, de tes sarcasmes, et si près de Dieu. Ah, Dieu : ton grand ennemi. Ton grand-père en faisait déjà un adversaire personnel. Combien de fois l'a-t-il bafoué ? Il rêvait de fonder une abbaye de nonnes prostituées… Il en avait même rédigé la charte ! Et puis il s'en retournait écrire sur le grand amour. Ce que vous, dans ta famille, vous appelez liberté, c'est ce fabuleux jeu de masque. Je hais ta famille parce qu'elle t'a pervertie.

La haine, regarde : encore un sentiment que j'ignorais pouvoir ressentir.

D'une certaine façon, tu m'as poussé vers les pires extrémités du pouvoir. Feindre. Punir sans conviction. Tuer en masse et sans soulagement. Eh bien, le pouvoir, c'est cela. Surplomber un incendie et s'en retourner. Cette sinistre découverte, je te la dois.

Mon âme ressemble à une église en flammes. Jérémie, livre VIII : « On espérait la paix, mais rien de bien ! Le temps de la guérison, mais voici l'effroi ! » Je multiplie les jeûnes et les macérations. Je vis presque dans la chapelle du palais. Je te vois peu, Aliénor. Je me repose de toi. Parfois tu apparais, ombre furtive derrière les portes, et je devine tes yeux gris. Je me détourne. Un seul de tes mots et je redeviens ton valet. Je le sais. Mon amour pour toi fait mon désespoir. Il est plus solide que tout ce que j'imaginais. Il suffit que je pense à toi pour que mon cœur éclate. Je meurs d'envie de laisser là les hommes qui m'entourent de si près que parfois, je ne vois plus que les plis de leur robe ; les laisser et me jeter à tes pieds, te serrer, te promettre de tout recommencer, de t'offrir encore ma venue à Bordeaux comme autrefois, lorsque nous étions si petits, si purs, ignorants des épreuves du pouvoir. Ta prestance, ton talent, tes erreurs, ta cruauté, et tes yeux, ta bouche, ta taille, tout m'attire et me fait peur, car j'ai vu où cela menait. La Bible dit que l'amour grandit et rend heureux. Mais que faire quand *il abaisse et fait couler les larmes ? Se peut-il que l'amour sincère, absolu, ressemble à une menace ? Depuis Vitry, tu dors paisiblement. C'est mon tour d'être encerclé d'ombres. Certaines n'ont pas trois ans, elles luttent contre le feu qui dévore leur tunique. Je m'éveille en sursaut. A mon côté, ton corps souple respire avec calme. Je cale mon souffle sur le tien. Sa lente cadence m'apaise, comme autrefois, mais c'était moi qui respirais pour toi. Il y a des ironies contre lesquelles on ne peut rien. Je reste seul avec mes cauchemars, ma femme indifférente et ce renversement des rôles. Qui entendra un roi pleurer dans la nuit ? Personne, et c'est heureux. Je ne pleure pas seulement le massacre que j'ai initié. Je pleure aussi sur ma faiblesse. Ma faiblesse porte un visage, un regard d'armure, une couronne. Et je dois me protéger.*

Louis passe ses journées dans la chapelle. Je le vois peu. Il prie, jeûne et ne parle que de pénitence. J'ai appris que l'abbé Suger reprenait son rôle de conseiller. Comme je le redoutais, il a conclu la paix avec Thibaut de Champagne. Ce dernier n'attaquera pas. Et nous en resterons là, stupides, avec une trêve barrant une guerre à peine commencée. Je n'en reviens pas : Thibaut m'a défiée et nous pactisons avec lui. Suger, mesures-tu l'affront ? Je te vois t'affairer, soudain heureux. Tu penses que je suis inoffensive désormais. Tu as tort. Pour l'instant, je n'ai pas d'autre choix que de subir. Je t'entends annoncer que Louis a reconnu l'archevêque de Bourges et fait allégeance au nouveau pape. Devant tant de bonne volonté, ce dernier a levé l'interdit sur le royaume. « Les erreurs de notre roi sont oubliées », claironnes-tu. Savoure, l'abbé. Danse et oublie qu'un serpent dort sous les pierres.

Après avoir tant profité de mes jeux et des chants, les dames m'évitent. Elles chuchotent dans mon dos. Pétronille me rapporte leurs racontars : la répudiation de la fille du seigneur de Crécy, faute d'avoir donné un héritier ; la tonsure publique d'une femme adultère à Toulouse… Autant d'histoires qui devraient me déstabiliser. Mesquinerie des cours ! Des caisses de santal, que j'ai fait venir d'Orient pour chasser l'odeur de menthe dans ma chambre, sont bloquées à Béziers. Ordre du Conseil royal par « souci d'économie ». Les tapisseries commandées aux ateliers de Bourges ont été suspendues. « Souci d'économie », également. On a fait venir une ventrière, « afin de vous rendre fertile », m'a-t-on dit. Elle me prépare de la graisse de viande et voudrait tâter mon ventre chaque matin. Je l'ai poussée hors de ma chambre. L'histoire a fait le tour du royaume. J'ai même reçu une lettre de l'archevêque de Bordeaux, qui m'a mariée, et qui me supplie de concevoir un héritier, « pour défier la malédiction divine ».

Je suis une forteresse. Mes ancêtres auraient tenu. Je tiendrai.

112

Je flanche une seule fois. Lorsque j'apprends que le pape souhaite annuler le mariage de Pétronille et Raoul. Louis n'a pas encore donné sa réponse. Les religieux qui l'entourent se réjouissent. Mais je me redresse, j'ai une idée. Je demande un entretien avec Bernard de Clairvaux.

Les jeux ont été interdits. La musique et les poèmes aussi. Toutes ces décisions proviennent du pape, de l'abbé Suger et de Bernard de Clairvaux. Elles sont signées par le roi.

Un matin, mes troubadours ne sont pas venus chanter. J'ai appris qu'ils avaient reçu l'ordre de partir à l'aube, sans me prévenir. Par l'entremise de Pétronille, Marcabru m'a fait parvenir un dernier poème.

> En un verger sous la fleur d'aubépine
> La Dame tient près d'elle son ami
> Le guetteur crie que le soleil se lève
> Mon Dieu, mon Dieu, comme l'aube vient tôt !

Pétronille froissait ses manches. Mais pas d'inquiétude. J'ai marché jusqu'à la fenêtre. J'ai lu et relu le poème à mi-voix, suspendue au-dessus du verger mort. Par-delà les murs, Paris entendait.

> Gracieuse elle est cette dame, et plaisante
> Pour sa beauté l'admirent maintes gens,

Et son cœur sait ce qu'est l'amour loyal
Mon Dieu, mon Dieu, comme l'aube vient tôt !

On dit qu'il existe plusieurs sortes de silences. Il en est de même pour la colère. Celle qui m'emplit s'approche d'une fleur vénéneuse. Elle s'ouvre lentement. Elle sait attendre. Ses racines sont des griffes profondes. Les vents mauvais ne l'effraient pas, ils la nourrissent. Elle s'en gorge et s'en repaît. Elle pousse sur le terreau des rancœurs. Je chante le poème et ses pétales s'élargissent. Un poison sucré irrigue chacune de leurs nervures. Ma colère se déploie dans la majesté de ses couleurs vives. Viendra le jour où je pourrai la cueillir.

Mon sommeil est celui d'une veille d'assaut. Il est lourd mais je dors les poings serrés. Je rassemble mes forces. A cette heure de la guerre, je suis perdante. Seule, je ne peux pas lutter avec ceux qui crient vengeance. Je les laisse s'ébrouer, éprouver leur trône, jouer les vainqueurs. J'attends. Je ne laisse rien paraître. Louis reviendra dans mon camp. Dans la journée, il s'arrange pour ne pas croiser mon chemin. Mes ennemis sourient. Ils oublient qu'une femme du Sud sait bien des secrets… Pauvres ignorants ! Ce qu'ils prennent pour du discrédit cache une force qui, justement, aura leur peau. Il faut connaître les hommes pour les maîtriser. Je sais, moi, ce qui palpite dans cette course d'animal traqué. C'est encore moi qui tiens Louis contre moi, la nuit, qui dispose de ces armes-là. Je le cajole sans croiser ses yeux. Lorsque je le regarde, il sursaute, comme piqué par une bête, il s'affole et me repousse. Mais je reviens... Je sais reconnaître le dévouement éperdu, la soumission d'un cœur sous la comédie du pouvoir. Mon grand-père le premier l'a chantée, mes troubadours ne parlent que de ça. L'amour d'un roi pour sa reine vous emportera tous, hommes de Dieu, vous ne le soupçonnez pas un instant, et ce jour-là, j'arracherai vos robes.

Pour l'instant je subis. Les séances du Conseil royal sont une épreuve. En l'absence du roi, c'est l'abbé Suger qui les préside. On ne me prévient pas de leur tenue. Et s'il m'arrive de parler, les officiers m'écoutent distraitement puis reprennent les discussions. C'est durant l'une de ces séances que Suger a annoncé la fin de son chantier. Le chœur de sa nouvelle abbaye à Saint-Denis serait bientôt célébré. Enfin ! Depuis le temps qu'il en parlait ! Je n'ai pas résisté. Je suis encore la reine.

« L'abbé, d'où est venu le bois pour les poutres ? Vous ne pouviez pas décimer les forêts de Saint-Denis. Le roi et moi-même vous l'avions interdit.

— Ma Dame, ce sont les bûcherons de Poissy qui m'ont trouvé les chênes.

— Et les pierres des carrières de Pontoise ? Vous ne pouviez pas les acheminer par l'eau. Le roi...

— … et vous-même me l'aviez interdit, je le sais. Les paysans les ont amenées par chariot.

— Où avez-vous trouvé les topazes et les grenats que j'ai vus sur la grande croix qui dominera l'autel de votre abbatiale ? Viennent-elles de votre fortune de serviteur de Dieu ?

— Elles sont un cadeau.

— Un cadeau ! Et de qui ?

— De Thibaut de Champagne, Ma Dame. »

L'assemblée glousse. J'ai le réflexe de me tourner vers Louis. Son fauteuil est vide. Cette fois les rires fusent. Mais à l'instant où mes bras se raidissent sur mes accoudoirs de bois, prêts à me propulser vers cet abbé de malheur, je réussis à me contenir. La fleur caresse les parois de mon ventre. Elle dit : Attends. Vois comme la trahison engraisse ma terre. Je peux grandir encore.

Je les regarde, ces pantins déguisés en hommes. Ces officiers qui, hier encore, me saluaient bas. Je sais que, tous, vous avez poussé le roi contre moi. Nobles de la honte, vous valez moins qu'une servante d'auberge. Le peuple noir et sale, brutal et ignorant, c'est vous.

On dit que, cachée sous une cape, tu arpentes les ports de Paris. Un marchand de charbon jure t'avoir reconnue. Tu viendrais y choisir tes proies. Tu regarderais les bras solides décharger les fagots, jaugerais la puissance des torses. Tu ferais ton marché parmi les hommes. Ces rumeurs sont insupportables. Sur les pontons, dans les tavernes, partout, on chante ta beauté vénéneuse et ton cœur aquitain. On me raille, moi, le pataud du Nord. On me dessine en ours, une église brûlée entre les pattes. Ou bien on me compare à un arbre maléfique. La chanson est signée Marcabru. Tout le port de grève la reprend.

> Haut et grand, branchu et feuillu,
> De France en Poitou parvenu,
> Sa racine est méchanceté
> Par qui Jeunesse est confondue...

Elle s'élève depuis les halles au blé, tourne autour des moulins et contamine la ville. Maudit port de grève, que j'ai cédé aux bourgeois, sur tes conseils ! Je n'y ai plus d'autorité. Si je pouvais, je renverserais tout, j'attraperais Marcabru, je le jetterais au feu. Non ! Mon ventre se tord. Horrible pensée ! Je ne brûlerai plus personne. Aliénor, que me mets-tu dans le cœur ? Qui me délivrera de toi ?

Arrive la fête de Saint-Denis, orchestrée par Suger. La fête, un bien grand mot. Mais il y a du luxe. Au moins est-ce l'occasion de me montrer dans mes atours. Le peuple me célèbre, lui. Il reconnaît les âmes fortes.

117

Les sergents du roi ouvrent la marche. J'avance lentement. A force d'être piétinée, l'herbe glisse. Je suis comme mes gens du Poitou qui marchent sur des échasses pour traverser les marais. Un pied puis l'autre, en équilibre. La nuque droite, le regard fier. Mon peuple me regarde. Il murmure d'admiration. La lumière d'été illumine mes bijoux. Elle ricoche contre les fils d'or qui tressent mes cheveux. Des mains jaillissent pour toucher ma robe. Je les laisse venir. La foule tapisse la plaine et gronde de joie. Au loin, les tentes de soie ressemblent à de grandes bulles blanches. Les drapeaux claquent doucement dans le vent d'été.

Hélas, Louis me fait honte. Il est derrière moi. Il porte la cotte grise des pénitents. A ses pieds, de simples sandales. Un pèlerin. Extatique, il embrasse une petite croix de bois pendue à son cou. Son regard est d'un bleu transparent, lavé par les sermons. Je n'ose même pas imaginer le spectacle qu'il offre. Par moi, il a goûté à la haine. Par lui, j'ai découvert la honte. Quel magnifique couple nous formons ! J'aurais tant donné pour marcher à côté d'un roi. Qu'un monarque porte une couronne et un manteau d'hermine, est-ce trop demander ? Maudits soient ces abbés qui effacent les êtres ! J'avance et j'observe les réactions : admiration pour moi, effarement quand on comprend que l'ermite, c'est le roi. Parfois il tente un pas de côté pour se joindre à la foule. Les sergents le ramènent doucement vers le cortège royal. Je surprends des visages hilares. Ah, si je pouvais me retourner et fouler aux pieds ce mari incapable de tenir son rang ! Plus loin devant, les mitres étincellent. L'abbé Suger a lancé des centaines d'invitations. C'est un festival de broderies, d'orfroi, de couleurs. Même les chevaux ont des robes de brocart. Et parmi ce luxe, qui est bien la seule chose que j'apprécie en l'Eglise, il y a une erreur, mon mari.

L'abbé Suger pourrait lui baiser les pieds. Il l'entoure de mille attentions. Etourdi, il semble prêt à pleurer. Ces deux pèlerins s'embrassent et se palpent les bras. Puis Suger nous fait entrer. La voici, sa nouvelle abbatiale et son chœur flambant neuf. Son grand projet qui lui a permis de m'humilier lors du Conseil, après avoir pillé les richesses du royaume.

J'entre. Il y a là le clergé de toute l'Europe. L'assemblée admire. Elle détaille la finesse des colonnes, la croisée des rubans de pierre. Personne n'a jamais vu une telle architecture. Moi, je remarque qu'il n'y a aucune fantaisie. Je cherche les centaures et les chevaux ailés qui parsèment mes abbayes. Rien. Ici, La pierre est arrogante et muette. Elle s'autorise à peine quelques coquetteries en forme de fleurs, de trèfles. Elle a gommé les aigles couverts d'écailles, les femmes-serpents, les diables hilares, les voyages en Orient.

Nous avançons dans la travée. Au bout, je compte vingt autels surplombés d'une immense croix en or. Elle est entièrement recouverte de pierres précieuses, ces fameuses pierres offertes par Thibaut de Champagne. Grenats, topazes, turquoises, perles. Cadeaux de l'infamie. Je dois m'asseoir dessous. Me tombera-t-elle sur la tête ? Je me concentre sur les chants des clercs, et tant pis s'ils célèbrent les vertus d'un Dieu qui n'a que faire de moi. Au moins, ce sont des chants. A l'extérieur, la foule reprend les psaumes. La lumière jaillit des vitraux en cordeaux multicolores. Si ce n'était pas pour Suger, j'apprécierais.

Assise face à l'assemblée, j'accroche le regard de Bernard de Clairvaux. Il hoche discrètement la tête. Je lui rends son salut. Nous nous verrons après, au palais. Il a accepté un entretien. Nous devons arriver à un accord.

A mon côté, Louis est entré en transe. J'observe ses mains posées sur les accoudoirs du fauteuil royal. La sueur goutte sur ses tempes. Sa ferveur est effrayante. Dans l'assemblée, Bernard de Clairvaux l'observe. Après la cérémonie, Louis bondit du siège royal pour porter lui-même les reliques de saint Denis sur ses épaules. Et lorsqu'il faut asperger d'eau bénite l'extérieur de l'abbaye, il se mêle aux sergents pour repousser la foule et faire place à la procession. Je pourrais disparaître sous terre. A cet instant, je hais son innocence. Je hais cet attirail de clémence et de bouche tordue qui usurpe le trône. Le pouvoir ne tolère ni la dévotion ni la sincérité absolue. Avec leur basse brutalité, mes barons ont plus de prestance que le roi !

Maintenant la foule n'est plus qu'un murmure. Je respire à nouveau. C'est bien la première fois que je suis heureuse de retrouver le palais. Assis sous les branches verdâtres du verger, nous pouvons enfin parler comme deux commandants. Le silence est tendu, silence d'orage à venir. J'observe sa nuque sèche et dure. On la croirait taillée dans l'écorce. Il tourne la tête. Mon menton se lève. Moi aussi, je domine. Je parle la première.

« Très cher et grand Bernard de Clairvaux. N'était-ce pas la règle cistercienne que de prôner le dénuement et la frugalité ? Etait-ce bien vous qui vouliez bannir les couleurs des églises ? Bravo… Votre enseignement porte ses fruits ! On n'a jamais vu autant de luxe pour une fête religieuse.

— Vous me faites la leçon ? Mais le luxe ne vous est pas désagréable, il me semble. »

Oh, m'arrêter, me taire, rester indifférente à ce sourire ébauché, mais quoi ! Une reine attaque et riposte. Je ne sais pas faire autrement.

« Le luxe est le privilège des valeureux. Je ne suis pas sûre que l'Eglise en fasse partie.

— Aliénor, que vouliez-vous me dire ?

— Je suis venue vous proposer une trêve.

— Nous ne sommes pas en guerre. »

Ne pas rire. Ici le rire est interdit.

« Voici mes demandes : personne n'annule le mariage de Pétronille et Raoul. Cessez de nous oppresser. Ne nous prenez plus pour cible, ni elle ni moi.

— Mais c'est vous qui gouvernez Louis comme s'il relevait de vos terres. Le roi n'est pas l'Aquitaine.

— Je vous rappelle qu'il est mon mari, et non le vôtre.

— Bien. Et en échange de votre paix ?

— Je viens de vous le dire. »

Il se tait. Les rumeurs de Paris nous parviennent assourdies. Un long moment passe. Puis il parle en regardant droit devant lui.

« C'est accordé. La paix contre un héritier. »

Autour de nous les branches s'inclinent jusqu'à terre. Les fruits germeront, bien sûr. Si ce n'est que ça… Homme de Dieu, tu n'as rien compris.

« Vous souriez, Aliénor ?

— Mais oui. Vous me demandez de coucher avec un moine. »

Il lève les yeux vers les arbres. Sa voix est sourde.

« Aliénor, votre monde va disparaître.

— Je vous interdis ces prophéties.

— Vous ne savez faire que cela, interdire. Un jour, il faut construire. »

Ce voyage ! Cette épopée ! Et maintenant m'y voici. Je suis en Orient. Moi, Aliénor d'Aquitaine, en Orient ! Dans cette splendeur du monde qu'on appelle Antioche. Je fais corps avec cette ville. Elle est mon amie et ma protection, comme Paris autrefois. Mais elle a une enceinte. Je n'en ai jamais vu de semblable. Elle grimpe sur la montagne, forme un demi-cercle et dégringole jusqu'à l'eau. Elle n'a servi à rien puisque nos croisés l'ont vaincue. Mais qu'importe. J'ai sous les yeux le chef-d'œuvre de la guerre. Quatre cents tours et ces murailles colossales : la place la plus forte d'Orient. Je suis en son centre. Je me laisse bercer par ces bras hauts, corolles de pierre rousse qui n'attendaient que moi. Les jardins s'étagent jusqu'aux montagnes de Djebel Akra. On entend le grondement du fleuve Oronte qui serpente parmi les gorges étroites. Le vent chargé de sable pique les yeux. Tout est eau, montagne, roche, lumière.

Ici, on parle ma langue. A notre arrivée sur le port de Saint-Siméon, une procession nous attendait. A sa tête, un patriarche en surplis blanc. Mon cœur a bondi. Je le connaissais. C'était Amaury de Limoges, chapelain de mon palais de Poitiers. Derrière lui, se tenaient Charles de Mauzé, Payen de Faye, et d'autres visages connus… Tous des Poitevins. Ces hommes, en Orient ! C'était incroyable. Comme ils m'avaient manqué ! Quelle extraordinaire impression de les voir parmi les palmiers ! Ils ont reculé pour laisser passer le seigneur des lieux. C'était mon oncle. Il s'est avancé vers nous. Mon oncle Raymond, devenu maître d'Antioche… Quelle fierté ! Ma famille brillait par-delà les mers. Taille haute, tunique de soie, barbe taillée : il avait changé depuis mon enfance à Poitiers. Maintenant, il avait le charisme d'un roi.

Il a ouvert les bras. « Bienvenue en Terre Sainte. » Il souriait. Mes seigneurs ont hurlé de joie. Je suis à la cour de Poitiers, au château de l'Ombrière, près des marais, au bord du fleuve, dans la Grande Boucherie, dans tous les lieux que j'ai aimés. Je suis chez moi !

Mes barons chahutent comme des enfants. Ils sont sales et heureux. Ici on se libère d'une valeureuse fatigue. On a posé les lances et les épées. On marche parmi les étals colorés, on touche les épices, les étoffes, les fruits nouveaux. Les silhouettes disparaissent, aspirées par les escaliers minces, dans ce labyrinthe dont chaque pierre se souvient des combats anciens. Huit mois de siège pour gagner cette ville ! On y sent la fureur, la victoire arrachée. Le cœur de cette ville est minéral et sanglant. Ne l'abordent que les tenaces, les fous et les miraculés. Ce n'est pas un hasard si mon oncle en est le suzerain… Nous-mêmes, nous avons échappé aux dangers. Pirates, famine, tempêtes, attaques des Turcs. Quel périple depuis Paris ! Jamais je n'aurais pensé qu'une expédition chrétienne puisse être si exaltante. Et me voici enfin, gagnant là où mon grand-père a échoué. Car c'est bien à Antioche qu'il a dû rembarquer en catastrophe. Il a fui là où moi, je m'installe sans crainte. Ma croisade ne ressemblera pas à la sienne.

Je renais. Le palais froid, les intrigues de cour, l'incendie de Vitry, les attaques du clergé, tout cela est bien loin. Comme Louis. Sa métamorphose me laisse songeuse. Yeux un peu hagards, amaigri par le voyage, presque assommé par cette beauté, il semble flotter entre ciel et terre. Partir reconquérir Dieu le ragaillardit et l'éloigne. Il sait où nous sommes et pourquoi. Mais cette certitude est poussée si loin qu'elle le transforme en étranger. D'où vient-il, cet homme aux airs de prophète apeuré ? Il a eu l'audace de s'engager dans ce voyage. Et pourtant, depuis le départ, il montre une prudence exagérée. Tantôt il prend des risques, qui parfois frôlent le caprice ; tantôt il se montre frileux comme un jeune page. J'ai renoncé à comprendre. Je préfère vivre.

Dans le parc du Philopation, à Constantinople, il a reculé devant les léopards apprivoisés. Il n'a pas goûté à la cannelle ni au chevreau farci. Prudence donc, aussitôt contrée par une folie : il a voulu reprendre la route vite, pour être à Satalie le jour de la Purification de la Vierge. Satalie ! Pour la rejoindre, il fallait passer par les gorges de Pisidie ! Des gouffres désertiques, dangereux, truffés de Turcs qui affûtaient leurs armes. J'ai tenté de dissuader Louis. Satalie, c'était trop éloigné. Et c'était inconscient de s'engager alors que l'hiver commençait. Mais Louis n'a pas voulu m'obéir.

Je garde encore des images du désastre. Louis, hagard, secouait les corps de nos soldats. Autour, s'abattaient les flèches et tombait la neige. Nous étions prisonniers au fond des gorges tandis qu'en haut, les guerriers et l'hiver jouaient à nous ensevelir. J'ai lancé des ordres, alerté mes vassaux en tête de convoi. Les Templiers ont compris immédiatement. Ils ont rebroussé chemin, dévalé la rocaille blanche jusqu'à nous. Je me suis repliée contre un mur. Accroupie sous les boucliers, j'ai organisé la riposte. Dès que je le pouvais, je levais les yeux pour observer nos ennemis. Leurs silhouettes étaient si souples et si rapides qu'elles semblaient danser sur les bords des gorges. Quelle était cette façon d'attaquer ? Nous, nous pratiquions le choc frontal, à lances baissées. Eux, ils manœuvraient en escouades indépendantes, chacune leur tour. Les Turcs étaient légers alors que nos hommes étaient cuirassés jusqu'aux yeux. Ils se déplaçaient en petits groupes silencieux, leurs pas absorbés par la neige. Ils surgissaient de derrière un rocher. Ils couraient le long des précipices, insaisissables. Ils repéraient nos groupes et visaient les flancs. Plus précisément, nos chevaux. Et le tout basculait au fond. Je n'avais jamais vu cette pratique de l'enveloppement. Et quelle vitesse ! Les flèches filaient en saccades quand les Francs remontaient encore leurs arbalètes. Alors que les chevaux dérapaient et tombaient avec un hennissement sinistre, que les femmes hurlaient avant qu'une flèche ne leur transperce la gorge, j'ai pensé à ces piques à deux dents qu'avaient utilisées les Grecs à Constantinople. Ils les plantaient dans la viande pour les porter à leur bouche. Ils ne salissaient pas leurs mains. Mon peuple m'a paru soudain pataud. Nos hommes étaient maladroits. Trop lourds, ils trébuchaient. Ils ressemblaient à ces ours que les Byzantins chassent.

Louis se protégeait la tête, évitant de justesse les mules et les soldats qui chutaient. Everard, le chef des Templiers, a bondi sur les cadavres. Il a attrapé Louis et l'a ramené vers nous.

Le carnage a duré toute la journée. Au soir, nous étions saufs. Le comte de Maurienne et Geoffroy de Rancon, en tête de l'expédition, avaient fait demi-tour pour nous prêter main-forte. Les pertes étaient considérables. Louis n'avait rien fait, recroquevillé sur les morts. Si nous n'avions pas été en Orient, j'aurais bouilli de rage. Mais nous y sommes, justement. L'Orient sait me parler. Il m'adoucit. Il a su transformer le corps de Louis. Oublié, le moine. Je m'étonne de cette barbe blonde à force de soleil. Sa peau, longtemps protégée par une capuche, est maintenant tannée. Et ses mains frêles qui feuilletaient la Bible dans la fraîcheur des cloîtres ! Les voici craquelées, aux ongles noirs. Il faut s'y faire, Antioche impose ses codes. Elle est exclusive. Elle ne tolère que les êtres de roc, de soleil et de combat. Décidément les villes sont mes meilleures compagnes. A Bordeaux, l'enfance ; à Poitiers, les poèmes et les armes ; à Paris, le désordre ; à Antioche, le corps.

C'est lui, le roi de cette ville. Le corps est lavé avec soin, parfumé, amolli dans d'énormes pièces humides qu'on appelle hammam. On le badigeonne de crème au lait d'amande. On l'enveloppe de matières inconnues, taffetas, samit, paile, cendal. Moi qui viens d'un pays où des hommes de robe détestent le corps, l'enferment et le réduisent à un ventre… Ici, les putains portent des diadèmes au front. On ne les distingue pas des princesses. Dans notre chambre, le sol est recouvert de pétales de rose, enfin ! Fini, l'odeur piquante de la menthe ! Se coucher est une fête. J'en fais même profiter Louis. Peut-être aurai-je un garçon cette fois.

Car j'ai eu une fille. C'était avant notre départ. Je me souviens de tout. Depuis l'odeur du laurier que la ventrière faisait brûler, jusqu'aux relents de mauve qui s'échappaient de la baignoire brûlante. J'étais assise sur mon lit. Des dizaines de mains soutenaient mon dos, pressaient mon ventre, mais la douleur était trop forte pour résister. J'ai dû capituler, moi, Aliénor. Je me suis laissé envahir. Soudain j'ai vu les draps se recouvrir de rouge. Ce sang, tout ce sang qui coulait sans bataille ! On pouvait donc s'ouvrir sans mourir. J'ai regretté de ne pas avoir une vieille sorcière poitevine à mon côté, qui m'aurait prévenue de ceci : il y a des violences qui sont grande douceur. Baisse ta garde, aurait-elle murmuré, vois comme les intrusions valent parfois pour rencontre. Bien sûr, tu sens la douleur avancer ses anneaux de fer, broyer tes reins. Elle t'écrase dans un brouillard de larmes. Mais elle n'est pas malfaisante. Ne te bats pas contre elle. Et j'ai senti, stupéfaite, que quelque chose sortait d'entre mes jambes. Mes bras se sont refermés sur un être qui n'était pas moi. Un être lisse, sans cheveu, sans sourcil ni tristesse. Un bloc de ferveur entièrement tourné vers le désir de vivre, ignorant l'égoïsme des hommes et le poids des ancêtres. C'était petit et ça triomphait de tout. J'avais attaché une pierre de jaspe autour de ma cuisse, retenue par un fil de laine. La pierre et la laine, âme de mon pays, ont accompagné la venue de Marie.

Pendant neuf mois, elle s'était confondue avec la fleur de colère plantée dans mes tréfonds. Elle avait grandi entre ses pétales rouges de haine. Elle gardera, c'est sûr, le souvenir de ce premier berceau.

Je l'ai tenue contre moi en murmurant les chants de Poitiers.

> *Hélas d'amour je n'ai gagné*
> *Que des tortures et des angoisses*
> *Mon désir s'élance vers vous*
> *Mais il ne peut pas vous atteindre*
> *Et rien ne me fait plus envie*
> *Que ce qui s'éloigne de moi.*

Enveloppée de fourrures, la minuscule clignait les yeux. Elle les a gris, comme les miens.

Autour de nous s'agitait le royaume. Mes seigneurs se préparaient à partir pour la croisade. Leurs dames venaient aussi. Dans toutes les cours de France, les femmes vidaient leurs coffres, entassaient leurs meubles sur les chariots, comptaient leurs chambrières et leurs valets. Oh, cet immense ruban de pieds, de roues et de sabots ! Le clergé se disait furieux : on n'emmène pas en croisade sa femme et sa maisonnée. Depuis mon lit, j'entendais seulement le souffle de Marie contre mon cou.

Il aurait fallu un fils. Je le sais bien. Pourtant Bernard de Clairvaux a tenu parole. Le clergé a laissé tranquille Raoul et Pétronille. Il a cessé de me harceler. De toute façon, la ferveur populaire me rendait intouchable. Le royaume entier attendait un enfant. De partout, sont arrivés les présents : cheval à bascule, tambourins, oiseaux de bois, céramique colorée, vêtements cousus dans la pénombre des veillées.

Pour la première fois, je ne suis plus seule. J'ai un devoir non plus de suzeraine mais de personne indispensable à une autre. J'aiderai mon enfant. Née fille, elle porte mille ans de servitude. Le tout n'est pas de savoir grandir, mais de se lever. Ici je prends les forces nécessaires. Elle m'attend. Je reviendrai lui donner les armes. Je lui enseignerai comment tenir et se faire respecter. Elle connaîtra les poèmes. Elle saura d'où elle vient.

Louis ne l'a pas tenue dans ses bras. Il me serrait, moi. Il pleurait. A croire qu'il assistait à ma naissance.

Il sortait d'une grande fièvre. Même moi, je l'avoue, j'y ai cédé. Cette fièvre nous a portés jusqu'ici. Elle s'est déployée avec l'appel à la croisade de Bernard de Clairvaux. Ah, celui-là ! Je le hais autant que je l'admire. C'est un abbé Suger qui a réussi. Il n'a pas peur. Je le revois en ce dimanche de Pâques, debout sur l'estrade, à Vézelay. De sa robe blanche, surgissait ce profil sec et puissant. Ses mains noueuses enveloppaient ses mots, les projetaient devant lui. Les collines ressemblaient à de grosses bêtes dotées de milliers de têtes dodelinantes, hérissées de pennons et d'étendards, parcourues de frissons. Je reconnaissais, à perte de vue, les drapeaux portant les couleurs du royaume. Là, le dragon rouge du Poitou rugissant entre deux bandes, la blanche pour symboliser ma terre de calcaire et la noire pour le granit ; et les ronds de sinople de l'Auvergne, l'hermine du Limousin, le lion d'argent de la Loire… Des Pyrénées aux Flandres, les hommes d'armes étaient tous venus, alertés par la chute du comté d'Edesse. Car depuis trois mois, les messagers arpentaient les salles pour clamer l'urgence : là-bas, très loin vers l'est du monde, les Turcs avaient massacré les chrétiens et repris la ville d'Edesse. Leur revanche était lancée. Ils avançaient vers Jérusalem. Elle était encore sous notre domination, ainsi qu'Antioche et Tripoli, mais pour combien de temps ? L'immense conquête lancée des années plus tôt allait partir en miettes. La chrétienté franque avait besoin de renfort.

La voix de Bernard de Clairvaux résonnait avec celle de Parthenay qui mit à genoux mon père. Devant moi, elle soumettait la foule. Elle citait saint Augustin et sa guerre juste, promettait aux combattants la rémission de leurs péchés. Et Louis, à cet instant, ne pensait qu'à l'incendie de Vitry. « Le monde tremble et s'agite parce que le Roi du ciel a perdu sa terre… Les ennemis de la Croix vont profaner les lieux consacrés par le sang du Christ. Ils lèvent les mains vers la montagne de Sion… » Même les plus endurcis se laissaient charmer. Tous mes seigneurs étaient là. Geoffroy de Rancon, Hugues de Lusignan, Saldebreuil de Sanzay, mais aussi les comtes d'Anjou, de Toulouse, de Nevers, les évêques de Noyon, de Langres et de Lisieux, et puis Robert, le frère de Louis… Et enfin les Templiers, menés par Everard des Barres, qui avait répondu à l'appel. Les paroles de Bernard touchaient ces régions lointaines, sanglaient le cœur des braves et soulevaient l'ardeur. Elles portaient loin. Les poings se levaient à perte de vue. « Gagnez la sainte terre où Jesus y reçut mort au gibet de la croix, pour la rédemption de son peuple ! » Louis a saisi l'énorme croix de bois posée sur l'estrade. Il l'a soulevée et tournée vers la foule. La clameur m'a saisie au ventre, moi qui n'ai que faire d'un Dieu malmené en Orient. Mais l'élan touchait au sublime. J'ai arraché Marie des mains de la nourrice, je l'ai tenue haut pour qu'elle entende la révolte. Il fallait qu'elle sente de quoi sont capables les hommes. On sanglotait. La royauté retrouvait son panache. Un cri circula parmi la foule, jusqu'à la faire gondoler, puis jaillit vers le ciel : « Des croix ! » Des lambeaux de tissu passaient de main en main. Bernard de Clairvaux déchira à son tour sa robe. Il en distribua des morceaux. Très vite, on vit des croix cousues sur les poitrines. Les hommes bombaient le torse tandis que Bernard de Clairvaux couvait le spectacle d'un œil humide. Sa voix clôtura l'instant d'une solennité paternelle : « J'ai parlé et aussitôt, les croisés se sont multipliés à l'infini. Regardez ! Les villages et les bourgs sont déserts… » La cérémonie me laissa ébahie, presque envieuse, sûre d'une chose : nous partions pour l'Orient.

Nous sommes partis ensemble, Aliénor. Nous nous sommes engagés dans ce qui relève, pour moi, du projet le plus noble : la rémission de nos péchés. Il y avait l'incendie de Vitry, bien sûr, qui ne cessait de me hanter. Mais aussi nos fautes à tous les deux. J'ai pensé que partir, ce serait effacer nos erreurs. Oublier nos barrages, nos différences et cet enfant. Notre histoire, c'était Jérusalem. Elle était menacée. Nous partions la protéger.

Tu as d'abord recommencé à te mettre le clergé à dos. Décidément ! Tu as autorisé les épouses à venir. Sibylle d'Anjou, Florine de Bourgogne, Faydide de Toulouse, toutes, elles ont amené leurs garde-robes, leurs tapis, leurs draps, leurs tapisseries, leurs chandeliers, et bien sûr leurs servantes. Les châteaux se sont vidés. Le royaume voyait passer, ahuri, des donjons sur des chariots. Dans toutes les paroisses a couru le bruit que cette noble expédition serait une orgie, menée par des femmes prêtes à la fête. J'ai laissé dire. Il était hors de question de partir sans toi de toute façon. Il fallait laisser une dernière chance à notre histoire. Et puis j'aurais été mort d'inquiétude de te savoir sans mari, si longtemps.

Je te voyais distribuer les ordres dans la cour du palais, devant l'abbé Suger débordé par ces bagages et ces gens. Je me suis surpris à sourire. Depuis combien de temps n'avais-je pas souri ? Aliénor, tu n'as pas peur de l'excès. Comme je t'envie. Depuis la fenêtre, tu m'apparaissais si vivante et si folle, toi que j'avais perdue de vue pendant ta grossesse. Toi que j'ai eu si peur de perdre lors de l'accouchement. Debout parmi la multitude des paquets, surveillant les allers-retours, vérifiant une lanière, guettant les porteurs, tu veillais tel un animal grondant, affamé, inflexible dans la pagaille. Le chaos est ton univers d'origine. Et à côté de toi, mon abbé Suger, cet homme d'ordre et de paix ! Ce décalage était irrésistible. Il existait donc encore des instants de grâce. Je sentais palpiter l'espoir, oui, l'espoir que tout recommence. Nous oublierions les errances et je te retrouverais, comme je t'avais découverte toute jeune au château de l'Ombrière. Quand j'y pense, je t'ai vue petite jeune fille et maintenant, tu es mère.

A quel moment as-tu été ma femme ? Nous allions tout rattraper.

J'ai vite déchanté. Car tu as pris, en plus de tout le reste, tes maudits troubadours. Pas Marcabru, mais d'autres que je ne connaissais pas. Leurs chants m'ont harcelé dès la route de l'est.

> *Jamais d'amour je ne jouirai*
> *Si je ne jouis de cet amour lointain*
> *Je voudrais, pour elle,*
> *Être appelé captif là-bas*
> *Au pays des Sarrasins...*

Quelle épreuve que ces paroles niaises ! Et quel supplice, cette impression que chacun se prend pour ton époux... Toi, Aliénor, tu étais si belle et si droite dans cette colonne de poussière, écoutant la musique sous notre tente, discutant avec les dames, chevauchant parmi tes barons hilares. Bien sûr, tu m'as à peine regardé. J'aurais dû m'y attendre, comme d'habitude, j'aurais dû me montrer moins confiant.

Je me suis concentré sur mes fonctions. Les obligations sont parfois un refuge. J'avais à faire : les difficultés ont surgi vite et partout. En bon monarque, j'ai noté les étapes. J'ai tenté de consigner, la tête froide, les innombrables obstacles dont tu ne t'es peut-être même pas aperçue.

Metz : foule si dense, si heureuse à nous célébrer, que nous n'avons pas pu avancer jusqu'au soir.

Mayence : sous les murailles, soixante-dix mille Français, menés par moi, ont rendez-vous avec soixante-cinq mille soldats germaniques, menés par l'empereur Conrad.

Worms : des navires embarquent cette masse humaine sur la rive droite du Rhin. Bagarres entre les bateliers et nos troupes. Certains de nos pèlerins sont tués, les bateliers sont jetés à l'eau. En représailles, nos soldats tentent d'incendier la ville. Je ne tiendrai jamais mes hommes jusqu'en Orient. Comment faire ? Et puis tous les pèlerins partis avec nous, femmes et enfants, vieillards, me ralentissent autant qu'ils m'émeuvent.

Ratisbonne : une partie des bagages est embarquée sur le Danube pour la Bulgarie. La moitié disparaît, et je suppose que nous les retrouverons sur les étals des marchés d'Orient... Problème d'approvisionnement : Conrad et ses hommes étant partis en éclaireurs, je crains qu'ils ne se soient comportés en pilleurs. Nous passons derrière eux. Les villages n'ont plus aucune réserve.

Royaume de Hongrie : il nous faut traverser le fleuve à gué. Avant d'atteindre l'Empire byzantin, mes craintes se confirment. J'entends parler de la mise à sac des croisés allemands, juste avant nous. Ils se sont si mal comportés que certaines villes ont fermé leurs portes. Les habitants descendent leurs marchandises à vendre par des cordes le long des murailles.

Ainsi va mon périple jusqu'à Constantinople. Je dis « mon » car je n'aperçois que ta couronne, petit soleil dans la pagaille. J'entends parfois ton rire parmi les vociférations. Le soir, je m'écroule sans pouvoir t'attendre. Au matin, tu es déjà prête, quelque part avec tes gens. J'aperçois tes servantes qui tressent tes cheveux. Comme je me sens seul au milieu de milliers d'hommes ! Je pense à l'abbé Suger, à qui j'ai confié le royaume en mon absence. Il m'aurait soufflé Josué : « Ne t'effraie point, car l'Eternel est avec toi dans tout ce que tu entreprendras. » Je me répète le but de mon voyage. Je vais à Jérusalem. Je vais à nous.

Louis, en homme du Nord, fait des plans.

Je le surprends devant un moucharabieh, le visage entre deux voiles ondulant sous la brise. Il a les yeux perdus dans ce paysage de rocaille et de palmiers. Il pense aux gorges de la Pisidie, aux hommes qui dévorent les chevaux couchés sur les cailloux, aux tempêtes d'éclairs et de neige à l'approche de Satalie ; à l'abandon de nos alliés germaniques ; à la malice des Grecs qui nous ont trahis. Mais surtout, il pense à Jérusalem. Il veut s'y rendre. Je le sais. C'est son idée fixe depuis toujours.

Il lui faudra la vie entière. Car Antioche et son luxe m'apaisent. Au creux du soir, quand la ville embaume, je me souviens de lui bataillant à Vitry.

L'inconcevable spectacle de Louis devenu guerrier. J'oublie l'incendie, la panique, les hurlements des femmes et des enfants. Me revient seulement ce corps souple, rapide, empli d'une colère magnifique. La vie lance ses coups dans mon ventre comme lorsque j'étais enceinte de Marie. Autour de nous, il y a le paradis que Louis, comme les hommes de Dieu, ne voit pas. Nous marchons sur des sols de mosaïque entourés de murs de marbre. Les plafonds sont bleus, les fenêtres ouvertes. Dans des cassolettes brûlent des parfums. Tout ce luxe est pour nous, à portée de main. Moi qui suis restée recluse pendant des mois, quel bonheur ! Enceinte, j'ai obéi aux consignes. Pas de repas lourds ni d'aliments salés, ou le bébé naîtra sans ongles. Un plat épicé pourrait lui donner la lèpre. Du repos dans la chambre, car la seule vue d'une bougie soufflée peut le faire mourir. Aucun animal à portée de moi, l'enfant pourrait s'effrayer et naître avec une grimace. Des interdits, toute la journée ! Aujourd'hui, je suis délivrée. Envolées, les matrones et les contraintes ! La petite est née, je suis en Orient. La faim de vivre m'emplit le cœur. Alors je tire Louis doucement vers l'arrière, je l'arrache à ses rêveries et nous tombons ensemble.

Les hommes râlaient. Ils formaient un amas gonflé de sang, un tas sans tête ni bras ni jambes, d'où sortaient seulement des gémissements rauques. Les bourrasques de neige emportaient même leurs cris. Autour, les parois de cette maudite roche que je ne supporte plus. Les gorges de Pisidie ont été un calvaire. La silhouette noire des flèches qui nous recouvrent comme une cloche, leur bruit lorsqu'elles fendent l'air. Et le choc mou de la pique dans la chair, suivi aussitôt du glapissement de douleur. Puis les cris hachés, les corps empilés, et tes yeux, Aliénor. Tu étais invisible, recouverte par les boucliers disposés en tortue. Entre deux bords, une bande non protégée laissait voir tes yeux. Gris de la pierre d'ici, et confiants, d'une confiance qui n'avait rien à faire là, complètement décalée. Ils parcouraient le haut des gorges, cillant à peine quand les archers tuaient. C'était un regard d'admiration muette. Je peux deviner tes pensées : tu te demandais comment ces Turcs ignobles attaquaient. Autour, nos gens mouraient. Toi, tu étudiais la tactique. Le sort des autres t'est toujours indifférent.

Alors ces morts ignorés se sont levés au fond de la cuvette pierreuse et se sont mis à frapper les parois. Le feu – venu d'où ? Le feu a gagné les corps soudain si petits, sans armure. Il a mordu d'abord les tuniques et les cheveux. Les malheureux sautaient sur place, les pieds broyés par une infinité d'aiguilles rouges. Les mains restaient collées aux joues. Les yeux fondaient et coulaient en traînées blanches. Les bouches crachaient des braises. Au loin, des soldats plongeaient leurs mains dans les chevaux pour en ressortir un bébé qu'ils mordaient en riant... Je me réveille d'un bond. Ma bouche est tordue, humide d'un sang imaginaire. Je me demande ce que je fais là. Je crache sur les draps soyeux qui n'ont rien à faire là, eux non plus. Qu'est-ce que c'est que ce monde chargé d'or, de courbettes, de banquets interminables ? Comment aimer cette abondance ? Nous sommes ici pour Dieu parce qu'il est menacé. Mais visiblement, en Orient, les gens l'ignorent. A Constantinople, on se prosterne plus que l'on ne prie. Les portiques des palais rivalisent avec le ciel. Quelle outrecuidance ! Il y a des fenêtres de cristal, des courses monumentales à l'hippodrome, des artichauts, des léopards. Tout n'y est que luxe et jeu, artifices, superflu, fausse vie. Ici, c'est presque pire. De toute façon, que peut-on attendre d'une ville qui parsème ses sols de roses et non de menthe ? Antioche est pomponnée, lustrée comme une grosse sultane. Tu adores ça, Aliénor. Je t'observe jouer la coquette avec ton oncle. Vous parlez une langue que je ne comprends pas. Avec Marcabru aussi, tu parlais ta langue du Sud, et j'étais exclu. Ton oncle joue le fier. Ah ! Il aime sa carrure, il la promène comme un trophée, la souligne de tuniques soyeuses, la redresse quand tu t'adresses à lui. Il n'a que faire d'Antioche, ni de Dieu menacé. Il est comme tous les autres. Il est venu en Terre Sainte pour avoir son domaine. Il

voulait une enceinte, un commandement, des valets.
Je le vois parcourir la région, se faire saluer bas
par les fellahs, organiser le commerce du vin, des
oliviers, de la soie, s'enrichir sans une seule pen-
sée pour Dieu. Il est content. Il pousse l'hypocrisie
jusqu'à porter un keffieh sur la tête, pour pouvoir
dire : regardez, je suis comme vous, je ne vous ai rien
pris. Sait-il seulement sur quel sol il marche ? A Jéru-
salem, je demanderai un lit de paille posé sur le sol.

Et toi, Aliénor, je te vois renaître, fleur vénéneuse
qui s'ouvre sur un tas d'immondices. La nuit tombe
et, comme Mélusine, tu révèles ton vrai visage. Le
double jeu est une constante de ta famille. Tu deviens
un serpent, un appétit, un corps offert aux yeux por-
cins. Je t'entends rire avec ton oncle. Il te prend par
la taille. Tes barbares de seigneurs ont la bouche
luisante. Tu es la fée maléfique venue éprouver ma
foi. As-tu envisagé que tu pouvais perdre ?

Ici le sentiment ne vient jamais seul. Il se double
toujours d'un parfum, d'un goût, d'une image. La
torpeur d'une après-midi écrasée de soleil s'accompagne de la confiture de rose servie sur des plateaux.
L'exaltation avant la fête s'associe à la myrrhe qui
brûle dans les chambres. De sorte que le sentiment
éprouvé à cet instant-là pourra se retrouver bien après
sa disparition. Rentrée au royaume, il me suffira de

goûter à la confiture de rose, de respirer la myrrhe ou de regarder la lumière rose nimber les toits pour que revienne, fragile caresse, le sentiment qui y correspond. Antioche me leste de souvenirs et de sensations. J'en repartirai plus riche. Et plus sereine, car tout, dans cette ville, me rappelle l'Aquitaine. Comme chez moi, le seigneur festoie avec ses gens. Les filles aiment qui elles veulent. L'amour n'est ni un devoir ni un péché. Elles dansent au nez de leurs maris. Personne ne les juge. Les seigneurs, ce sont elles. Elles décident, imposent, et l'homme attend. C'est ce pouvoir que chantait mon grand-père. C'est cette liberté que je retrouve ici, enveloppée de santal, que je transmettrai à Marie, cette liberté que le pays du Nord n'a jamais comprise.

Et les pèlerins ! A Satalie, ils n'ont pas pu embarquer. La place sur le bateau coûtait quatre marcs d'argent. Ils ne les avaient pas. Nous, depuis les nefs royales, nous les avons ignorés. Le vent a soufflé, libérant une clameur de triomphe. Trois semaines que l'on attendait le vent. La nef a fendu l'eau calme tandis qu'à quai, ces pèlerins harassés trouvaient encore la force de nous saluer. Accoudé à la balustrade, le cœur serré, j'ai levé la main pour eux. Ils avaient marché avec nous depuis la France. Ils s'étaient privés, ils avaient pleuré leurs morts, mangé

143

les cadavres, livrant la plus belle preuve d'amour de Dieu, et nous les laissions là. Nous les abandonnions. Et tandis que je leur rendais leur salut, mesurant alors leur noblesse, je savais que ces pauvres gens devraient faire un immense détour par la Cilicie, à pied, et qu'ils seraient massacrés par les Turcs, comme nous dans les gorges de Pisidie. Mais eux n'avaient ni armes, ni montures. Seulement leur foi. Je saluais des condamnés. Moi, bien installé sur des coussins rouges, abrité derrière des tentures puant les épices, je ne valais pas leur ombre. J'ai pensé à Isaïe : « Formez des projets et ils seront anéantis. » Derrière, j'entendais tes bracelets tinter, Aliénor.

La différence est spectaculaire. Mon oncle, planté comme les chênes de ma région, les poignets aussi larges que le cou, bouillonnant d'une colère que je connais si bien, qui coule dans mes veines. Et le roi qui tente de ficeler sa rage par des paroles. Ils se font face. Ils doivent résoudre un conflit qui dure depuis des jours. Il est temps. Les barons se tiennent un peu en arrière, contre les tentures. Les servantes ont déserté le palais. Les fenêtres en arcades donnent sur la cour fraîche. En bas, une fontaine laisse entendre son murmure. Tout se joue maintenant, entre mon oncle et mon mari. L'un a la barbe propre, taillée en un rectangle parfait qui entoure sa bouche. L'autre a les joues hérissées, les cheveux en bataille, le regard cerné. A mon mari, l'allure juvénile. A mon oncle, l'élégance. Il tend un document roulé. Il parle le premier.

« Sire, voici donc le plan que je vous propose, avec l'accord de mes troupes. Nous libérons Edesse. Puis Hama et Alep.

— Non. Nous irons d'abord à Jérusalem. »

J'en étais sûre. Mon oncle inspire, garde son calme, feint l'étonnement.

« Jérusalem ! Allons, Sire ! Depuis que vous êtes ici, vous n'avez que ce mot à la bouche…

— La reine Mélisande nous y attend. Et Conrad aussi.

— Mais Jérusalem n'a pas besoin de nous. Elle nous appartient déjà.

— Toujours vos conquêtes… Elle n'a pas besoin de nous ? Moi, j'ai besoin d'elle. »

A cet instant, je revois l'épée tremblante que Louis abaissa vers moi en guise de soumission. C'était au château de l'Ombrière, il y a des années. Je reconnais la fièvre, ce lyrisme poisseux, cette hideuse certitude en forme de renoncement. Il ne changera pas, il restera toujours ce moine adolescent. Voilà, j'en ai la preuve. Mon oncle s'adresse à lui avec une douceur exagérée, refrénant sa colère que nous sentons grandir.

« Sire, je ne comprends pas. Nous sommes ici pour un but précis. Vous ne pouvez pas en imposer un autre.

145

— J'impose ce que je veux. Je suis le roi.

— Je connais la région. J'y vis. Vous, vous avez débarqué il y a quelques jours. Vous n'avez aucune idée de la menace qui pèse sur les Etats francs. L'étau se resserre. Nous sommes ici pour les libérer.

— Sa Seigneurie s'intéresse maintenant à l'avenir de la chrétienté franque ? Vous maniez bien l'hypocrisie… Ou peut-être est-ce ma femme qui vous a soufflé votre texte ? Ecoutez-moi : nous avons traversé des pays entiers, pataugé dans des rivières de sang, grelotté dans la neige, mangé nos chevaux, quand vous, vous vous prélassiez sur vos divans en dégustant des dattes. Je décide. Nous irons à Jérusalem. Et de là, nous assiégerons Damas. »

Même moi, je reste bouche bée. Les barons échangent des regards effarés.

« Damas ?!

— Vous avez bien entendu.

— Mais pourquoi Damas ? C'est la seule cité qui s'accommode des chrétiens !

— Nous irons à Jérusalem et nous assiégerons Damas. Le plus vite possible.

— Mais pourquoi, par Dieu ?

— Mesurez vos paroles. Vous parlez à votre roi. Reculez-vous.

— Attendez ! Attendez un peu. Réfléchissez. Savez-vous qui sont nos ennemis ? Ils sont menés par Nour ed-Din, fils de Zenghi !

146

— Bien sûr que je sais. Zenghi a été assassiné par ses propres soldats. Ce sont des bêtes.

— Vous vous trompez ! Ce sont des soldats qui ont le même but que nous. Ils mènent leur guerre sainte. Comprenez-vous ? Ils sont là pour Dieu, eux aussi ! Des bêtes, comme vous dites, sont faciles à éliminer. Mais des religieux prêts à mourir pour leur foi, c'est autre chose. La ferveur les rend ingénieux. Redoutables ! Depuis l'automne, ils ont pris, une par une, toutes les forteresses franques à l'est de l'Oronte. Ils massacrent les nôtres. Il faut les arrêter. Il faut libérer Edesse, Hama et Alep ! Sinon, leur prochaine conquête, ce sera Antioche ! »

Mon oncle a hurlé. Louis ne sursaute pas. Il le regarde avec calme. Il lui tourne le dos et quitte la pièce.

La chaleur m'étourdit d'un coup. Ma bouche est sèche. Mon oncle m'aide à m'asseoir. Il attrape une carafe, verse l'eau dans mon cou. Nos regards se croisent. Nous, nous n'avons pas besoin de mots.

Les jours qui suivent ressemblent à des nuits. Ils sont traversés de murmures affolés, de tractations vaines derrière les voiles. On a plongé les pièces dans une obscurité étrange. J'entends les pas de mon oncle, la fureur étouffée. Tous les chefs de guerre ont défilé devant Louis. Ils lui ont démontré qu'attaquer Damas était une folie, que gagner Jérusalem était secondaire. Ils lui ont rappelé leur mission première, libérer les bastions chrétiens pris par Nour ed-Din. Rien à faire. Louis reste inflexible. Tout juste consent-il à préciser que Damas étant la place musulmane la plus forte de la Syrie, il est inconcevable de ne pas y toucher. Jérusalem lui donnera cette force, dit-il. Les seigneurs le supplient de renoncer. Louis hoche la tête d'un air bienveillant, comme un médecin regarderait des fous. Il me fait peur.

Je n'en peux plus d'avoir honte. Peux-tu comprendre cela, Aliénor, toi qui as toujours été fière ? Et maintenant, voici l'ironie de l'histoire : c'est toi qui as révélé cela en moi. Tu as été la honte de trop, libérant toutes les autres. La honte d'avoir été désigné à la place de mon frère Philippe. La déception de mon père. Oh, je le connais, ce regard accusateur ! Et lors des Conseils royaux, combien de fois n'ai-je pas eu le sentiment d'être un usurpateur ! La crainte de n'être pas à la hauteur, la honte d'être vivant. Pour qui s'est tenu face à un groupe sans que personne daigne le saluer ; pour qui a parlé face à une assemblée distraite ; pour qui a commandé des soldats moqueurs ; au muet qui se contente du regard, à l'aveugle qui n'a que sa voix ; ils comprendront la difficulté d'asseoir sa

présence, et la peur de n'être pas reconnu. Connais-
tu cela, Aliénor ? Non, bien sûr. Toi, tu sais où est ta
place. Personne ne se moque de toi. Tu inspires la
crainte. C'est facile. Les exploits de ta famille t'ont
portée jusqu'ici. Mais moi ? Je sors d'un cloître.
Mes ancêtres n'ont rien misé sur moi. Ton oncle me
traite comme un petit enfant que l'on étourdirait
avec des cadeaux. Tes troubadours et tes barons se
moquent de moi. Seul l'abbé Suger me regarde avec
respect. Il me juge crédible, et c'est pourquoi je lui
serai attaché jusqu'à ma mort.

J'ai fait le pari du langage contre les armes, de
la foi contre la colère. J'inaugure un autre monde
mais personne n'est encore prêt. Les chansons des
ports et des veillées me ridiculisent déjà. Plus tard,
les livres me railleront. Ah, je n'en peux plus. Je
hais ces gens qui m'humilient. Je hais ces hommes
qui volent ma femme. Et je hais ton rire, tes regards
posés sur ton oncle, votre jargon incompréhensible,
vos langueurs qui m'excluent et me rabaissent.
J'ai beau savoir qu'il est ton oncle, rien n'y fait.
Je repense à Marcabru et l'histoire se répète. Tu
me nies. Tu préfères les autres. Et, à nouveau, les
rues bruissent de rumeurs désagréables. On me
réduit encore à l'état de faible. Depuis que je te
connais, les sarcasmes m'accompagnent, écoute !
A la naissance de Marie, j'étais ce roi décidément
incapable de concevoir un fils. Incapable de résister

à sa femme. Qui, par faiblesse, accepte de faire cuire des femmes et des enfants à Vitry. Ce roi qui a trahi ses pères d'Eglise et se laisse rouler dans la boue. Mais c'est fini. Je reprends la main. Je n'ai plus honte. Nous quittons Antioche demain.

II

Je m'appelle Raymond de Poitiers. Je suis le seigneur d'Antioche. Il y a huit jours, j'ai vu débarquer sur le port de Saint-Siméon des hommes en morceaux. C'étaient les croisés du royaume franc. Spectacle effroyable. Ils étaient crasseux, estropiés. Ils avaient affronté les pires épreuves. Et ils s'étaient montrés bien naïfs pour des soldats. D'abord ils avaient voyagé avec les hommes de Conrad, or, il ne faut jamais se fier à un germanique. Ensuite ils avaient fait confiance aux Grecs de Constantinople – la bêtise ! Le Grec piège toujours ses hôtes ! Enfin ils avaient cru pouvoir franchir les gorges de Pisidie sans encombre, persuadés que les Turcs les laisseraient en paix – quoi de plus perfidement habile qu'un Turc ? Lorsqu'ils sont arrivés chez moi, les trois quarts de leurs troupes avaient péri.

Au milieu d'eux se tenait Aliénor d'Aquitaine. Ma nièce. La fille la plus jolie et la moins docile de France. Elle était avec son mari, le roi, l'homme le plus dangereux d'Europe. Moi, Raymond d'Antioche, je suis assis sous mes orangers, dans la lumière tranchante du soir, et je mesure la menace. Je suis abasourdi par ce que je viens d'entendre. Autour de moi la nature profite de la fraîcheur naissante. Les paysans arrosent. L'eau jaillit des seaux, se cambre dans l'air en gerbes dorées. Du sol remonte un parfum de terre mouillée qui se mêle aux orangers. Cette désespérante beauté renforce mon angoisse. Je ne peux pas laisser faire Louis. Et pourtant, je le sais, il faudra respecter sa décision. Je n'ai pas le choix. Pourquoi n'écoute-t-il personne ? Pourquoi Jérusalem et Damas ? Et pourquoi regarde-t-il ma nièce ainsi ? Je ne parviens pas à savoir s'il l'aime ou s'il souhaite sa mort.

Mais je sais une chose : c'est lui qui détruira tout ce que nous avons construit. Je connais chaque pierre d'ici. Je dirige Antioche. Je la chéris. Nous n'avons rien pris à la population locale. Pourquoi l'aurions-nous fait ? Ces gens travaillent la terre et font vivre les hameaux. Nous les avons respectés. Ils ont gardé leurs coutumes. Ils sont maîtres de leurs maisons et de leurs vies. Ils me paient un dinar et sept qîrâts d'impôt ainsi que la moitié de la récolte au moment des moissons. Ces impôts sont inférieurs à ceux qu'imposent ailleurs les chefs musulmans. Ici, nous vivons ensemble. La preuve : ils se réunissent dans nos églises pour prier vers La Mecque ! Les uns sont nommés chefs des villages, d'autres administrateurs. Ils nous ont appris leur médecine et leur science des ponts. En retour, nous les protégeons. De toute façon, les Francs ont oublié d'où ils viennent. Ils ont appris à parler l'arabe. L'homme de Chartres est désormais citoyen d'Antioche ; celui de Troyes, de Tripoli. Ils portent le burnous et le turban. Certains ont épousé des filles du cru. Les langues se mélangent, les intérêts convergent. Tous, nous couvons du regard les châteaux construits autour de la ville. Trapesac, Gastin, Cursat, et puis, au-delà de l'Oronte, les forteresses de Hazart et Bathemolin. On s'y relaie en scrutant l'horizon. On guette l'ennemi. Si l'arrière-pays tombe aux mains de Nour ed-Din, tout cela sera fini. Peu m'importe Dieu. Ce n'est pas pour lui que je combattrai. En Aquitaine, on apprend à défendre son sol et ses gens. Je me battrai pour Antioche.

Mais mon principal obstacle, pour l'instant, se tient entre mes murs. Je ne comprends pas pourquoi Louis veut marcher sur Damas. Jérusalem, passe encore. Je sais qu'il a failli être moine et qu'il tient Dieu en haute estime. J'ai aussi entendu parler d'un holocauste en Champagne. Je peux concevoir qu'un homme veuille laver son âme. Mais Damas ! Attaquer Damas ! C'est notre seule alliée musulmane ! De plus, elle est gardée comme une vierge avant le mariage. Les entrées du royaume sont coudées, empêchant l'utilisation du bélier. Les pentes ont été construites de façon à ce qu'un cheval ne puisse prendre aucune vitesse. Et surtout, surtout, lorsque Damas verra nos troupes l'attaquer, elle appellera Nour ed-Din en renfort. Lequel se fera une joie de nous mettre en pièces. Ses hommes disposent d'armes dont le roi n'a pas la moindre idée. Ils ont des pots en terre cuite qui explosent et enflamment l'ennemi. Des archers mobiles, une tactique d'armes légères. Et l'épée de Damas ! Même mes fellahs ne parviennent pas à une telle perfection. La lame est si lisse et si brillante que les guerriers s'en servent de miroir pour remettre leur turban.

Mais Louis ne veut rien entendre. Il me jette des regards hostiles. Mes officiers m'ont mis en garde contre sa jalousie. Mais quoi ! Je ne vais pas jeter ma nièce dehors ! Moi, je suis un guerrier. Le vin et les jolies dames n'ont jamais bruni mon humeur. Et puis, si ça peut servir notre cause… Aliénor est horrifiée par les projets de son mari. J'étais là lorsqu'elle a essayé de le convaincre une dernière fois. Je l'ai découverte diablesse, vent montant, et j'ai songé à son grand-père. Elle tient vraiment de lui. Le roi, lui, était blanc. J'ai senti les vents tourner autour de ma muraille. Le ton s'est durci. Aliénor l'a prévenu. Elle refusait de quitter Antioche. Le roi lui a rappelé qu'il était son mari et qu'il pouvait donc l'emmener de force. L'argument à ne jamais employer avec une Poitevine ! Aliénor s'est dressée, traversée par l'éclair. Ses yeux gris étincelaient. Sa poitrine se soulevait à peine, elle ne tremblait pas, mais son corps semblait avoir recueilli la foudre. La colère la rendait fantastique. Sa voix a changé, terriblement tranchante (j'ai pensé qu'on pouvait donc *entendre* l'épée de Damas). Ce qu'elle a dit, je ne peux que le restituer tel quel :

« Justement, vous devriez vérifier vos droits d'époux. Car je vous rappelle que nous sommes cousins, vous et moi, à un degré prohibé par l'Eglise. Aux yeux de votre Eglise chérie, nous sommes coupables, et notre mariage peut être annulé. »

Nous étions stupéfaits. Quel cran ! Et elle avait raison : l'Eglise, toujours armée de ses textes, interdisait les mariages consanguins au cinquième degré. Tout le monde le faisait pourtant dans les cours d'Europe, et le pape fermait les yeux. Tant que l'Eglise avait mainmise sur les affaires des royaumes, elle oubliait les règles.

Louis s'est affaissé doucement, comme une poupée. Ce n'était pas le moment de mourir. Je l'ai saisi, je l'ai traîné dehors pour lui plonger la tête dans la fontaine. Lorsqu'il a commencé à se débattre, je l'ai tiré en arrière. Là, dans mes bras, mon roi m'a fait pitié. Il a toussé, suffoqué, craché de l'eau. Il m'a reconnu. La rage a déformé ses traits. Au moins, il avait l'air vivant. Il m'a violemment repoussé. Il a bondi et crié en traversant la cour qu'il voulait un messager d'urgence pour Rome. Puis il a appelé Aliénor en hurlant. J'ai regardé mes barons. Nous étions abasourdis.

Ils sont partis la nuit suivante. Le reste, je l'ai appris par les innombrables messagers affolés, par les hordes de réfugiés frappant mes portes, par les appels à l'aide du comte d'Edesse et ceux des dignitaires du royaume de France.

Louis a eu son séjour à Jérusalem. En grande pompe. La reine Mélisande avait soigné le comité d'accueil. Louis a sans doute prié sous la rotonde du Saint-Sépulcre, admiré les mosaïques d'or et les voussures, traîné ses genoux dans la poussière sainte. Bref, il s'est fait pardonner. Après quoi il a guetté le retour des sergents éclaireurs partis reconnaître le terrain autour de Damas. Puis il a convaincu la reine Mélisande et l'empereur Conrad de lui prêter main-forte, ainsi que les barons de Jérusalem, qui convoitaient les terres fertiles. Le pire ? Il était le seul pur parmi les avides. Car dans sa folie de Dieu, Louis était sincère. Il s'égarait, il décidait n'importe quoi, mais il était profondément honnête. Il n'avait que faire des titres, des conquêtes, de la richesse. Je dois lui reconnaître ça. Quel gâchis ! Entouré de vrais braves, de conseillers clairvoyants, ce roi aurait marqué l'histoire.

Le moment vint.

La plus grande armée chrétienne jamais vue partit de Tibériade à l'été 1148. Le 24 juillet, elle plantait ses tentes dans les vergers autour de Damas. A travers les feuilles, on voyait les murailles de la ville.

Au début, tout se passa bien. On monta les machines de siège. Louis envoya ses soldats nettoyer les jardins du nord. Ils fourmillaient de combattants damascènes embusqués parmi les arbres. Surprises, les troupes ennemies se replièrent vers la forteresse. A l'intérieur, les habitants avaient barricadé les rues. Ensuite, Louis ordonna que l'on rase les vergers du sud pour récupérer le bois. Il fit assécher les canaux de la ville. Les sapeurs se mirent au travail. Ils se glissèrent au pied des murailles et commencèrent à creuser sous les fondations. Les rangs arrière nivelèrent le terrain pour l'avancée des tours d'assaut.

Je peux imaginer le sentiment de Louis et Conrad ; un sentiment de triomphe déjà, de confiance. Grave erreur. Je viens d'une famille de combattants. Je sais que la victoire n'est pas une jeune fille assise tranquillement au bout d'un chemin plat.

Ce que j'avais prédit se réalisa. Devant ces préparatifs, l'émir de Damas s'inquiéta sérieusement. Il alerta Nour ed-Din. Ce dernier n'attendait que ça. Ses renforts arrivèrent d'Alep par la porte septentrionale. La nuit suivante, la donne se renversa. L'obscurité se remplit de glapissements et de cris.

Les troupes furent décimées dans les vergers. Au matin, on marchait sur les têtes coupées. Elles semblaient être tombées des arbres, comme des pommes. Conrad, alarmé, exigea d'évacuer le camp. Piètre stratège, il se déplaça vers l'est, sur un terrain moins boisé. C'était une très mauvaise position. A découvert, face à la section la plus forte des murailles, et sans approvisionnement d'eau. Louis pressentit l'impasse. Il lança alors l'offensive.

Ce fut la ruée. Les hommes et leurs machines s'élancèrent. Les Francs combattent ainsi, en troupeau compact. Ils ne connaissent rien d'autre que l'élan massif et beuglant. Ici, cela n'a aucun sens. Pendant quatre jours, les tours de bois roulèrent vers les murailles et finirent en fumée. On entendait chaque fois un cri : « Naffatûn ! » Un pot de terre volait depuis les créneaux, suivi d'une torche. Et les tours prenaient feu. Les silhouettes rougeoyantes tombaient, enflammant les soldats à terre. L'eau n'y changeait rien. La panique gagnait les rangs. Louis, éberlué, ne savait pas éteindre l'incendie. S'il m'avait écouté, je lui aurais dit que « naffatûn » est le nom donné aux lanceurs du feu grégeois. Nour ed-Din en a amené dix mille pots. Le feu grégeois ? m'aurait-il demandé. Qu'est-ce que c'est ? De l'huile de naphte, lui aurais-je répondu, mêlée à de la poix, du soufre et du salpêtre. C'est terriblement abrasif. Ça résiste à l'eau. Seul un mélange de sable et de vinaigre peut l'éteindre. Si tu n'en as pas, tu recouvres tes tours de peaux de bêtes fraîchement écorchées. Le cuir brûle mal.

Mais Louis ne m'avait pas écouté. Il a donc continué d'assaillir Damas. Depuis les créneaux, les flèches pleuvaient sans discontinuer. Des petits groupes d'archers se relayaient si bien qu'à toute heure du jour et de la nuit, le ciel était noir de piques. Contre les murailles, les échelles basculaient en arrière et tombaient, chargées d'hommes, dans un grand hurlement. Car les forteresses d'ici sont équipées d'une défense étagée. Les remparts sont décalés, l'un étant plus haut que l'autre. Les ennemis sont doubles. En bas, les sapeurs ne pouvaient plus atteindre les murs, barrés par les tas de cadavres.

Conrad et Louis s'accordèrent pour sortir les trébuchets. On les lesta. On lança le signal. Les larges cuillères se relevèrent en arc de cercle, propulsant d'énormes pierres. Les murailles frémirent à peine. Cela dura deux jours entiers. Et quand les pierres se firent rares, Louis misa sur l'épidémie. Les machines lancèrent des cadavres en putréfaction. C'était un étrange spectacle, nimbé d'une puanteur épouvantable. La catapulte se relevait, comme prise d'un haut-le-cœur, et semblait cracher les corps pourris. Ils s'envolaient, un bras ou une jambe se détachait parfois dans l'air, puis disparaissaient derrière les créneaux. Mais personne ne tomba malade.

Pour priver définitivement Damas d'eau et de passage, les croisés attaquèrent le pont sur le Barada. Hélas, là encore, la méconnaissance du terrain fut fatale. Le pont était construit selon le principe des arches multiples, consolidées au mortier. Les soldats tapèrent avec la rage du vaincu. Certains s'arrachèrent les ongles contre la pierre. D'autres, devenus fous, y cognèrent leur crâne jusqu'à ce qu'il éclate. Chaque nuit, on entendait l'air fendu par les catapultes et, aussitôt après, un coup sourd, sans émiettement. Puis une grande lumière rouge déchirait l'obscurité, suivie de cris. Encore une tour enflammée.

Les soldats de Nour ed-Din envahirent les jardins. A chaque heure, ils s'approchaient un peu plus du camp. Les arbres suintaient le sang. Quelque part derrière les créneaux, Nour ed-Din devait regarder. Louis le savait. A quel moment comprit-il son erreur ? Et Aliénor, que fit-elle ? Demeura-t-elle sous une tente, pétrifiée par le carnage ? Prit-elle part aux batailles ? Ordonna-t-elle que l'on s'obstine ou demanda-t-elle le retrait des troupes ? Quoi qu'il en soit, elles levèrent le camp à l'aube du 28 juillet, après quatre jours seulement d'un siège désastreux. Les ennemis les harcelèrent longtemps sur la route. La cavalerie légère les cribla de flèches. Dans la plaine, on pouvait suivre la cohorte aux cadavres d'hommes et de chevaux laissés derrière elle.

L'armée de Conrad, ou ce qu'il en restait, embarqua à Acre et quitta la Terre Sainte. Louis refusa de partir. Il resta des mois à Jérusalem, malgré la colère d'Aliénor définitivement installée dans son cœur, et malgré les lettres alarmées de Suger qui le pressaient de rentrer.

Et moi ? Après la victoire de Damas, Nour ed-Din s'est senti pousser des ailes. Il a visé Antioche. Exactement ce que je redoutais. Je suis parti au combat. Une nuit, les troupes de Nour ed-Din ont cerné mon camp en rampant. A l'aube, il ne restait que la charge. Je n'avais pas d'autre solution. Le vent s'est levé. La poussière s'est abattue sur mes hommes au moment où ils éperonnaient leurs chevaux, en début de pente. On n'y voyait rien. En quelques heures, nous fûmes anéantis. Le 29 juin 1149, Nour ed-Din savoura sa victoire. Autour de lui, un champ de cadavres. Et dans sa main, il y avait ma tête, qu'il lâcha dans une boîte en argent pour l'envoyer au calife de Bagdad.

Ainsi s'acheva la calamiteuse croisade de Louis VII. On raconte qu'Aliénor pleura pour la première fois, en apprenant ma mort. Elle venait de débarquer en Italie, harassée par le retour d'Orient. Mais peut-être pleura-t-elle aussi son mariage, ses ambitions déçues et ces années perdues à jamais. Le saura-t-on un jour ? Depuis mon univers des ombres, j'accompagne Aliénor. La nuit je me lève et me tiens auprès de son lit. Je porte un vase gravé à son prénom. Son grand-père le lui avait offert il y a bien longtemps, lorsqu'elle était petite fille et que tout était promesse. Je me tiens là, tout près, me penche sur son visage. Je la dérange. Elle geint, remue, s'éveille. Elle redoute les ombres depuis qu'elle est enfant.

Elle a accosté en Italie pour voir le pape. C'est lui qui l'a pressée de venir, avec Louis. Il a pris la menace de séparation très au sérieux. Il a raison. Il connaît parfaitement l'interdiction des mariages au cinquième degré de parenté. Mais il y aura toujours quelqu'un pour lever l'hypocrisie. Aliénor fut la première à mettre l'Eglise devant ses contradictions. A Tusculum, dans la somptueuse villa pontificale, le pape fit les choses en grand pour tenter l'apaisement. Il minimisa les liens consanguins. Il multiplia les entretiens bienveillants, les combla de cadeaux. Aliénor laissa dire, fit semblant de comprendre, hocha la tête d'un air contrit. Son regard avait repris ses couleurs d'armure. Elle accepta même la couche préparée afin de réconcilier les époux ! Un lit conjugal aux draps soyeux, parsemé de roses, entouré de bougies ! Et la connaissant, elle poussa même le vice jusqu'à coucher effectivement avec Louis, trop amusée que ce soit l'Eglise elle-même qui le lui demande.

Elle rentra après deux ans et demi d'absence. La France était furieuse. Elle ne pardonnait pas le fiasco du voyage. Partout résonnaient les chansons qui raillaient les combattants et demandaient réparation. Car le calamiteux siège de Damas avait coûté très cher. Les campagnes grondaient. Les soldats du roi avaient retourné les champs, ratissé les greniers, vidé les églises. Ils avaient pris toute la richesse du pays pour financer la croisade. Et le pays demandait justice.

Aliénor embrassa Pétronille, serra Marie contre elle. Et ce fut tout. Elle n'entendit pas les reproches qui remontèrent d'abord en hoquets, puis en vociférations. On se souvenait de son influence sur Louis, de l'incendie de Vitry-en-Perthois, de son goût du luxe. Aliénor fut la reine la plus éloignée du peuple mais aussi la plus proche. Elle était aristocrate et paillarde. Mais à ce moment, la populace, chauffée à blanc par les sacrifices de la croisade, déçue par l'absence d'héritier, l'avait choisie pour cible.

Elle s'en moquait. Quelque chose s'était durci. Elle devint méchante. Quand elle ouvrait la bouche, c'était pour donner des ordres. Elle ne participa à aucun jeu, ne chanta plus avec ses troubadours. Personne ne sut jamais qu'elle redoutait la nostalgie des poèmes qu'elle me récitait le soir, des mois auparavant, sous les orangers d'Antioche.

Un jour, elle demanda à l'abbé Suger d'organiser une messe en mon souvenir. Louis intervint. Il entra

165

dans une rage folle. Aliénor plissa les yeux, n'insista pas. Mais moi, je savais la colère en elle. Je savais son poids et sa force. Cette colère lui avait déjà permis de tenir au temps de la calomnie, juste avant la croisade. Elle était suffisamment puissante pour changer le cours de l'histoire. Elle lesterait Aliénor tout en lui donnant des ailes. Elle la placerait sur un trône, un vrai, et la maintiendrait au-dessus des mortels. Bien sûr, ma nièce serait salie. Son prénom charrierait mille fantasmes et autant de haine. Qu'importe ! La colère allait d'abord lui offrir une audace sans nom. Moi, j'en faisais partie. J'alimentais la rancœur secrète. La nuit, Aliénor nous retrouvait, moi et mes amies les ombres. Mais cette fois, elle nous attendait. Nous la sortions du lit. Elle déambulait parmi nous, enivrée par nos fumées grises, elle touchait nos longs visages. Au matin, elle avait pris un peu plus d'assurance. La colère avait grandi. Aliénor fait partie de ces gens que les déceptions rendent forts. Ceux-là sont rares et font d'excellents guerriers. Elle en était un.

Louis le sentait. Il craignait Aliénor, mais il l'avait toujours aimée. Je le voyais, moi, chanceler lorsqu'elle apparaissait. Imperceptiblement, tourner le dos à l'abbé Suger lorsqu'il s'adressait à elle. Une main qui effleure, l'œil qui s'agrippe, le buste qui penche… Comme le corps est bavard ! Il divulgue tout. C'est un traître hors pair.

Et pourtant… Il y avait maintenant suffisamment de tristesse et de reproches entre Aliénor et Louis pour que leurs corps se tiennent à distance. Antioche était la plaie ouverte. Et ma mort avait fourni de quoi la faire saigner. En Orient, les failles étaient devenues gouffres. Pour ne pas y tomber, chacun s'éloignait du bord. Aliénor partait vers ses rêves de conquête. Louis se repliait vers la religion. C'était sa certitude. Chaque jour, il récitait les heures de l'office canonial. Il assistait aux messes, vêpres et complies. Il psalmodiait seul et ne s'illuminait qu'à la vue du vieil abbé Suger. Le clergé faisait profil bas. Louis faisait partie de ses rangs. Sa piété devait servir à l'apaisement. Il fallait calmer la population.

Louis sentait que la situation se retournait. Aliénor devenait haïssable. Trop lointaine, trop furieuse. Ce faisant, elle lui donna la force de se détacher d'elle. Il s'y engouffra avec l'espoir du survivant. Il n'essaya pas de lui plaire, ni de l'attirer vers lui. Il tenta seulement de tenir debout, sans elle. Durant ses tournées, l'affection des sujets le touchait. Il sentait bien que le peuple en voulait à sa femme, qu'elle servait d'exutoire. Il laissa faire. La force qu'il puisait dans les textes bibliques, sa formation initiale de prêtre, lui servirent de béquille. Il voulait du repos.

La menace de séparation l'avait d'abord tétanisé. Il revoyait la joie feinte du pape, fou d'inquiétude et excédé à l'idée de devoir raisonner Aliénor. Il se souvenait de l'horrible comédie du lit conjugal, à Tusculum, les sourires forcés, le miel acide des paroles confiantes. Oui, avait-il promis au pape, ils se réconcilieraient, et tout irait bien. Non, ils ne se sépareraient pas, Aliénor avait lancé cette menace sous la colère mais tout rentrerait dans l'ordre. Aliénor opinait, et Louis savait qu'elle n'en pensait pas un mot.

Mais depuis, Bernard de Clairvaux avait écrit au cardinal de Préneste pour s'indigner de ce degré de parenté. Et Louis avait découvert, stupéfait, que son vieux maître envisageait la séparation sereinement. Ce point de vue rejoignait celui du peuple. Partout, résonnaient des histoires qui mettaient en scène Aliénor et moi, en Orient. Elle y apparaissait vicieuse, insatiable, et forcément responsable du fiasco de la croisade. Louis l'entendait, il ne le supportait pas, et en même temps, au plus profond de lui, il sentait que ces racontars pourraient l'aider à franchir le pas.

Car il était en train de comprendre qu'il n'aurait jamais Aliénor. Que ce rêve avait été englouti avec la croisade ratée, qu'il était mort à Antioche ou sous les murailles de Damas. Et cet espoir, qui l'avait si longtemps fait vivre, s'éteignait sans révolte. Louis sentait qu'il pouvait respirer près d'Aliénor sans suffoquer, la regarder tout en renonçant à elle. Quelque chose en lui rendait les armes et il ne pleurait pas. Fort de cette découverte, il mettait toute son énergie

168

à ne plus souffrir. Il se battait et, pour la première fois, il gagnait.

Un événement fit basculer la situation pour de bon. A l'été 1150, Aliénor accoucha d'une deuxième fille, Alice. Cette fois, le royaume s'étrangla. On voulait un héritier. Le pape lui-même avait préparé un lit, et de cette initiative naissait une fille ? Ça voulait tout dire. Ces deux-là, décidément, n'étaient pas faits pour la France. Non seulement ils pillaient le royaume pour organiser une ruineuse croisade, non seulement ils renvoyaient une image désastreuse de l'autorité royale, mais en plus, ils se montraient incapables d'offrir une lignée au royaume. On évoqua, à voix haute, le roi Robert II qui avait renvoyé sa Suzanne, trop lente à donner un fils. Puis on se souvint de Philippe Iᵉʳ qui répudia son épouse. On s'interrogea franchement : Louis allait-il répudier Aliénor ? Allait-il enfin se montrer ferme ? Il faut se méfier de la désillusion. C'est une main qui lève un couvercle, libère les questions assassines.

Aliénor, elle, restait murée. Elle cinglait, réclamait toujours plus de luxe, se montrait odieuse. Elle toucha à peine son enfant. A peine né, il fut accueilli par ses mots : « Qu'on l'emporte. Et qu'on lui donne un nom. » Cette histoire roula de bouche en bouche ; on se disait effaré par tant d'indifférence. Aliénor avait chéri Marie, mettait en elle ses espoirs. Mais Alice, née après Antioche, ne lui inspirait rien.

Pendant ce temps, Louis reprenait des forces. Il écoutait le pays, correspondait avec le clergé d'Europe. Il se sentait soutenu. Il mesurait combien cette affection lui avait manqué. Il raffermissait ses positions, et c'était là une autre façon de s'éloigner d'Aliénor. Ici je dois être honnête, et reconnaître que Louis fut l'un des rares monarques à voir juste. Il commençait à comprendre que son amour pour Aliénor l'avait détourné de ses convictions. Il accordait plus de prix au sentiment qu'inspire un pays dans le cœur de ses habitants, qu'à ses batailles remportées. Seul lui importait ce sentiment d'unité, pour lui vertèbre d'un pays. Aliénor pensait au pouvoir. Lui, il pensait politique.

La vie suivit son cours. Moi, je continuai à visiter ma nièce la nuit. Elle restait de plus en plus longtemps avec les ombres. Nous lui insufflions la force nécessaire pour rompre cette comédie. Elle s'en remplissait le ventre, s'endormait les poings serrés. Au fond, elle n'avait jamais dormi qu'ainsi.

Nous guettions le jour où tout volerait en éclats. Aliénor était un être de rupture. Il suffisait d'attendre le bon moment.

Je me souviens d'un soir de Noël, le dernier avant la fracture. Le banquet était somptueux. Arrivèrent les fruits, puis les soupes et les viandes. Aliénor était assise au centre mais elle ne trônait pas. Une natte épaisse, emmêlée de rubans dorés, descendait sur son épaule. Le pourpre de sa robe révélait la pâleur de sa peau. Elle était splendide et si loin. A côté d'elle, Louis était penché vers l'abbé Suger, de plus en plus sourd. Sa joie ne dépendait plus d'elle. Plus loin, Pétronille et Raoul, déjà ivres, lançaient des fruits confits sur les jongleurs. Autour, crépitaient la joie et l'envie. Aliénor, elle, restait imperturbable. A l'entremets, elle s'est levée. Elle est sortie dans la nuit glaciale. Je savais ce qu'elle allait faire. Elle avait toujours aimé s'enfoncer dans Paris. Ce soir, c'était Noël. La ville serait grisée, païenne, un peu folle. Aliénor enfila une grande cape et demanda l'ouverture des portes. Son cheval manqua déraper sur le sol gelé. Cette nuit-là, de grandes rondes hurlèrent de joie lorsqu'en son centre, un garçon vint embrasser une fille coiffée de gui. Des feux brûlaient dans les rues. Les habitants apportaient une bûche, jetaient dessus de l'huile, du vin et du sel et la lançaient dans le brasier pour conjurer le malheur. Les rues résonnaient d'invectives au diable, à la foudre et aux mauvais sorts. Aliénor se perdit, tomba sur une procession qui célébrait le prochain retour du soleil. Les torches transformaient les visages en ombres mouvantes. Elle s'y sentit bien. Tout lui rappelait son pays, les croyances paysannes, cet amour du monde que les rois nomment sagesse lorsqu'il vieillit mal. Aliénor descendit de son cheval pour ne pas être repérée. Elle se laissa bousculer. On attrapa son épaule, on l'entraîna vers un grand feu, mais elle s'échappa. Adossée à un mur, elle regarda. Nous, les ombres, la laissions tranquille. Elle se tenait là, petite fille du chaos, les mains inutilement fermées. Pour retenir quoi ? C'était l'évidence : il fallait être aveugle pour ne pas comprendre qu'un poing serré, c'est d'abord une main qui garde. Autour, le sacré brûlait dans la liesse. Aliénor pensait à l'église de Vitry, bien sûr, mais aussi aux années perdues. Le regard fixe, gris de larmes jamais versées, suivait les braises voletantes. Ici se jouait une haie d'honneur. Nous le savions. Noël sonnait le dernier adieu à son enfance.

Puis les sarabandes et les galops gagnèrent les cimetières. Les farandoles se transformèrent en danses macabres. Les couples s'assemblèrent sur les tombes. Il devint trop dangereux pour une reine d'y rester.

Au petit jour, Aliénor retraversa Paris. Nous marchions à son côté, fidèles fantômes. J'étais au plus près. Je pouvais compter les plis de sa cape. Arrivée devant le pont, Aliénor s'arrêta. Elle baissa sa capuche. Ses yeux remontèrent les murailles du palais, embrassèrent la Seine et la cascade de toits derrière. Elle resta un long moment ainsi, dans la clarté froide et silencieuse. Pas un son, sauf le souffle du cheval qui formait dans l'air des petits nuages. Puis Aliénor rabattit sa capuche et se remit en route. Nous la suivîmes, comme toujours.

L'abbé Suger mourut le 13 janvier 1151. Pour nous, cela résonna comme un signal.

Au cours de l'été, deux hommes se présentèrent à la cour de France. Ils étaient connus et redoutés. Il s'agissait de Geoffroy, ce fameux comte d'Anjou, et de son fils Henri. Le premier portait à son chapeau un brin de fleur. Par conséquent, on le surnommait le Plantagenêt. Mais il était très loin de l'image bucolique. Il était robuste à faire peur. Une toison rousse mangeait son visage, entourait sa tête. Il semblait venir du feu ou du règne animal. Il avait combattu le père de Louis, défié Thibaut de Champagne et il revendiquait maintenant le trône d'Angleterre. Il voulait toujours plus. Son fils était de la même trempe, en plus jeune. Il était roux, comme son père, et fait comme lui : carré, masse de force brute. Il allait sur ses vingt ans. Il avait onze ans de moins qu'Aliénor.

Elle se redressa. D'un œil d'aigle, elle jaugea le corps trapu, musculeux, la tête de lion. Elle entrevit, en un éclair, l'immense potentiel du jeune homme. La colère fit battre son cœur et colora ses joues. Lui revint un poème, elle qui croyait les avoir oubliés.

> *A l'entrée du temps joli*
> *Pour réveiller l'allégresse*
> *Et assombrir le jaloux*

La reine a voulu montrer
Comme elle est amoureuse.

Louis jeta un œil vers Aliénor. Il comprit tout. Il anticipa en un instant la rupture, la trahison, la guerre. Sur l'échiquier de l'histoire, on redistribua les rôles. Chacun accepta le sien. Une nouvelle page pouvait s'écrire.

Les Plantagenêt repartirent après leur visite. Aliénor chantonna toute la soirée. La cour n'y était plus habituée. Mais personne ne s'en réjouit. Ce chantonnement effrayait. C'était celui d'une sorcière qui nettoie ses flacons.

Louis sentit le sol s'ouvrir mais il ne céda pas à la panique. Il s'enferma dans la chapelle. Ainsi donc, le pire allait arriver. Au fond, depuis combien de temps s'y préparait-il ? Assez longtemps pour ne pas être pris au dépourvu. Et puis, la mort de Suger l'avait rendu plus mûr, animé d'une force nouvelle. Le vieil abbé avait rempli sa mission.

Il pria, réfléchit. Il discuta avec l'âme de son maître. Il rédigea des plans, mesura ses forces, écrivit à Bernard de Clairvaux. Il organisa le combat. En un mot, Louis se comporta comme un roi. La souffrance endurée portait enfin ses fruits. Le départ imminent d'Aliénor l'obligerait à se surpasser. Dans sa grande mansuétude, il pensa que c'était le plus beau cadeau qu'elle lui laissait.

Au matin, il sortit dans la cour. Le ciel rosissait. Il pensa à Esaïe : « Sentinelle, que dis-tu de la nuit ? Le matin vient. » Subitement, les murailles lui semblèrent de papier. Il leva la tête. La fenêtre de la chambre était éclairée. Monta la voix d'Aliénor, saisissante de beauté, et Louis, à cet instant, sut que la vraie forteresse, c'était elle.

Qu'il plaise à Dieu que la nuit s'éternise,
Que mon ami ne s'éloigne de moi
Que le guetteur ne voie poindre le jour.
Mon Dieu, mon Dieu, comme l'aube vient tôt !

CHRONOLOGIE

Aliénor d'Aquitaine a vécu plus de quatre-vingts ans. Ce roman couvre la première partie de sa vie, depuis son mariage avec Louis VII (elle a treize ans), jusqu'à son « divorce », quinze ans plus tard. J'ai pris le parti de considérer ces quinze années comme celles de l'ennui, de l'impatience, de la maturation jusqu'à cette reine qu'Aliénor deviendra au côté d'Henri Plantagenêt.

L'Histoire laisse tant de zones blanches qu'elle permet la légende, mais aussi le roman. Dans celui-ci, les prises de liberté sont nombreuses (un exemple : Aliénor fit de l'abbaye de Fontevraud son refuge, elle était donc beaucoup plus pieuse que dans ce livre). Les emprunts à la psychologie moderne ne manquent pas. Que les historiens ne jugent ces libertés ni blasphématoires, ni hors de propos ; mais bien comme le plein exercice de l'imagination qui s'enchante à combler les vides, en prenant appui sur l'armature chronologique. Voici un aperçu de cette chronologie, historiquement avérée cette fois[1] :

1122 ou 1124

Naissance d'Aliénor d'Aquitaine. Elle est la petite-fille de Guillaume IX le Troubadour ; la fille de Guillaume X et d'Aénor de Châtellerault, fille de Dangerosa, maîtresse de Guillaume IX le Troubadour.

1137

25 juillet : Mariage avec Louis VII.
Août : Arrivée à Paris.

1138

Révolte des bourgeois de Poitiers. Louis VII la soumet.

1141

Louis VII, sans doute à la demande d'Aliénor, accepte que Pétronille, sa sœur cadette, épouse Raoul de Vermandois. Or, ce dernier est déjà marié. Il répudie donc sa première femme, nièce du comte de Champagne.
Le pape refuse de reconnaître les époux. Pétronille et Raoul de Vermandois sont excommuniés.

---

1. Chronologie tirée de *Pour une image véridique d'Aliénor d'Aquitaine*, Edmond-René Labande, Préface de Martin Aurell, Geste Editions/Société des Antiquaires de l'Ouest, 2005.

1143

Campagne contre le comte de Champagne. Incendie de la ville de Vitry-en-Perthois. 1 500 femmes et enfants brûlent dans l'église.

1144

Aliénor et Louis VII assistent à la révélation du nouveau chœur de l'abbatiale Saint-Denis, reconstruite par l'abbé Suger.

Entretien privé entre Bernard de Clairvaux et Aliénor d'Aquitaine.

Décembre : En Orient, prise du comté d'Edesse par les Turcs.

1145

Naissance de Marie, fille d'Aliénor et Louis VII.

1146

31 mars (Pâques) : Bernard de Clairvaux prêche la deuxième croisade à Vézelay.

Louis VII et Aliénor prennent la croix.

1147

4-16 octobre : Séjour d'Aliénor et Louis VII à Constantinople, dans le palais du Philopation.

1148

Janvier : Désastre du mont Cadmos. Les Turcs tendent une embuscade à l'armée du roi de France.

19-28 mars : Séjour de Louis VII et Aliénor à Antioche. Raymond de Poitiers, oncle d'Aliénor, en est le souverain. Durant le séjour, Aliénor évoque une séparation avec Louis VII.

Départ de Louis VII et Aliénor pour Jérusalem, puis Damas.

24 juillet : Début du siège de Damas.

28 juillet : Fin du siège de Damas.

1149

29 juin : Mort de Raymond de Poitiers face aux troupes de Nour ed-Din.

9-10 octobre : Le pape Eugène III reçoit Aliénor et Louis VII à Tusculum. Il les pousse à la réconciliation et prépare lui-même la chambre des époux.

Novembre : Retour d'Aliénor et Louis VII à Paris.

1150

Naissance d'Alice (ou Alix), seconde fille d'Aliénor et Louis VII.

1151

13 janvier : Mort de l'abbé Suger.

Eté : Geoffroy Plantagenêt et son fils Henri se présentent à la cour de Louis VII. Première rencontre entre Aliénor et Henri Plantagenêt. Il a onze ans de moins qu'elle.

1152

21 mars : Annulation du mariage de Louis VII et Aliénor
   pour cause de consanguinité.

18 mai : Mariage d'Aliénor et Henri Plantagenêt, à Poitiers...

NOTES SUR LES POÈMES CITÉS

J'aime fort qu'elle me rende fou
Qu'elle me laisse là, nez levé
Qu'elle rie de moi, qu'elle me bafoue
Autant en public qu'en privé.
Après le mal viendra le bien,
Je n'attends que son bon plaisir.

Hélas d'amour je n'ai gagné
Que des tortures et des angoisses
Mon désir s'élance vers vous
Mais il ne peut pas vous atteindre
Et rien ne me fait plus envie
Que ce qui s'éloigne de moi.

Extraits de la Chanson de Cercamon. Ce jongleur
était originaire de la Gascogne. Il fréquenta les cours du
Poitou et du Limousin. Il nous reste de lui sept poèmes,
qu'il composa entre 1135 et 1145.

Sire, dit la paysanne
L'homme encombré de folie
Jure, promet et s'engage
Mais de semblables hommages
Ne donnent pas droit d'entrée
Je garde mon pucelage
Nul ne me dira putain !

Pastourelle de Marcabru. Jongleur et gascon, comme Cercamon, il était un enfant trouvé. Il résida dans plusieurs cours du midi de la France ainsi qu'en Espagne. Il nous reste de lui 45 pièces, composées entre 1129 et 1150, dont sa raillerie à l'encontre de Louis VII :

Haut et grand, branchu et feuillu,
De France en Poitou parvenu,
Sa racine est méchanceté
Par qui Jeunesse est confondue...

Avec cette chanson, Marcabru se serait vengé d'avoir été chassé par Louis VII, ce dernier étant jaloux des strophes enflammées consacrées à Aliénor.

Elle peut m'inscrire en ses livres,
Ne croyez pas que je sois ivre,
Désir de ma dame me tient.
Sans elle je ne peux pas vivre.
De son amour j'ai si grand faim.

Chanson de Guillaume de Poitiers, le grand-père d'Aliénor d'Aquitaine. Né en 1071, il est le premier trou-

184

badour connu. Dans ses chansons, il posa les bases de l'amour courtois. Dans la vie, il fut excommunié plusieurs fois par l'Eglise, en raison de ses mœurs libertines et de son appétit guerrier.

> *Jamais d'amour je ne jouirai*
> *Si je ne jouis de cet amour lointain*
> *Je voudrais, pour elle,*
> *Être appelé captif là-bas*
> *Au pays des Sarrasins.*

Chanson de Jaufré Rudel, parmi les six conservées. Celle-ci fait référence à la deuxième croisade dont Jaufré Rudel faisait partie. La légende raconte qu'il s'engagea auprès de Louis VII pour aller retrouver Hodierne, princesse de Tripoli, qu'il aimait sans l'avoir jamais vue, et qu'il mourut dans ses bras en arrivant au port.

> *A l'entrée du temps joli*
> *Pour réveiller l'allégresse*
> *Et assombrir le jaloux*
> *La reine a voulu montrer*
> *Comme elle est amoureuse.*

Ballade anonyme, du XIIe siècle. La ballade était une poésie « à danser », le plus souvent dès le mois d'avril, avec le printemps. On la chantait en plein air, à voix nue, en faisant une ronde.

> *En un verger sous la fleur d'aubépine*
> *La Dame tient près d'elle son ami*

Le guetteur crie que le soleil se lève
Mon Dieu, mon Dieu, comme l'aube vient tôt !

Gracieuse elle est cette dame, et plaisante
Pour sa beauté l'admirent maintes gens,
Et son cœur sait ce qu'est l'amour loyal
Mon Dieu, mon Dieu, comme l'aube vient tôt !

Qu'il plaise à Dieu que la nuit s'éternise,
Que mon ami ne s'éloigne de moi
Que le guetteur ne voie poindre le jour.
Mon Dieu, mon Dieu, comme l'aube vient tôt !

Cette aube (chant du matin) est anonyme. Ecrite pro-
bablement au xiie siècle, elle est considérée comme une
des plus belles de la poésie provençale. Elle se rattache à
la *canso* (chanson), qui fonde la lyrique occitane[1].

---

1. Ces informations sont extraites de *Poésie des Troubadours, Antho-
logie*, préface et choix d'Henri Gougaud, Seuil, Point Poésie, 2009.

REMERCIEMENTS

Merci à l'historien Martin Aurell, venu avec des livres et de l'enthousiasme.

A Raphaëlle Schott, pour son savoir et son soutien.

A Olivier Roller, pour sa patience et sa passion.

Du même auteur :

EOVA LUCIOLE, *roman*, Grasset, 1998.
LA FOLIE DU ROI MARC, *roman*, Grasset, 2000.
HISTOIRE D'UNE PROSTITUÉE, *document*, Grasset, 2003.
LA PASSION SELON JUETTE, *roman*, Grasset, 2007.
NESTOR REND LES ARMES, *roman*, Sabine Wespieser,
    2011.
LA RÉVOLTE, *roman*, Stock, 2018.
S'ADAPTER, *roman*, Stock, 2021.

Le Livre de Poche s'engage pour
l'environnement en réduisant
l'empreinte carbone de ses livres.
Celle de cet exemplaire est de :
350 g éq. CO_2
Rendez-vous sur
www.livredepoche-durable.fr

PAPIER À BASE DE
FIBRES CERTIFIÉES

Composition réalisée par Belle Page

———————

Achevé d'imprimer en France par
CPI BUSSIÈRE (18200 Saint-Amand-Montrond)
en septembre 2022
N° d'impression : 2066801
Dépôt légal 1re publication : septembre 2015
Édition 11 - septembre 2022
LIBRAIRIE GÉNÉRALE FRANÇAISE
21, rue du Montparnasse – 75298 Paris Cedex 06